Miriam Schreiber

Kluge Frauen werden nicht geheiratet

Alleinerziehende Chaosqueen auf der Suche nach Mr. Right

www.tredition.de

© 2018 Miriam Schreiber

Verlag und Druck: tredition GmbH,
Halenreie 40-44, 22359 Hamburg

ISBN
Paperback: 978-3-7469-2976-7
Hardcover: 978-3-7469-2977-4
e-Book: 978-3-7469-2978-1

Eins

Sometimes

good things fall apart

so that better things

can fall together

Marylin Monroe

Ok. Kein Grund zur Panik. Alles wird gut. Andere Frauen haben das auch geschafft. Ich saß in der Mitte meines noch nicht komplett möblierten Wohnzimmers und versuchte mich zu beruhigen.

Ich hatte mich nach 15 Jahren von dem Vater meiner Kinder getrennt und wir waren ganz in der Nähe in ein Einfamilienhaus gezogen. Es gab noch so viel zu tun und ich wusste gar nicht, wo ich anfangen sollte. Immerhin hatte ich seit gestern ein Sofa. Es ging also voran. Plötzlich stand ich vor allerlei unvorhergesehen Problemen. Gott sei Dank gab es Louise. Louise war ein Ossi. Sie bestand sogar darauf. Als sie acht Jahre alt war, war sie mit ihrer Mutter aus Sachsen-Anhalt hierher nach Köln gezogen. Auf Louise ist immer Verlass. Gestern hat sie, um mein Sofa abzuholen, einen Transporter von der Arbeit ausgeliehen. Als uns an der Warenausgabe mein Sofa in zwei Teilen ausgehändigt wurde, schaute sie mich an und sagte in ihrer trockenen Art, „Das bekommen wir niemals in den Transporter und in dein Wohnzimmer bestimmt auch nicht." Uups. Das Sofa war ein Impulskauf und es hatte mir so gut gefallen, dass ich es zur Not auch in den Garten gestellt hätte. Wie dumm von mir mein Wohnzimmer nicht vorher auszumessen. Na toll, da brachte mir mein IQ von 142 auch nichts, wenn ich mich beim Shoppen zu Spontankäufen hinreißen ließ. Ich war einfach nicht alltagstauglich. Zu allem Überfluss fing es auch noch an zu regnen und wir mussten uns schnell etwas einfallen lassen, damit ich nicht den ersten Monat einen nassen Po auf meinem Sofa bekommen würde. Gleichzeitig mit uns kam ein Lieferwagen an, der ebenfalls Ware abholte. „Ich frage jetzt die Männer, ob sie in unsere Richtung fahren." Bevor ich Louise antworten konnte, hatte sie die Männer bereits angesprochen und sie fuhren tatsächlich in unsere Richtung.

„Zehn Euro, wenn Sie dieses Sofateil transportieren." Louise war in Verhandlungen einfach unschlagbar. Leider waren die beiden Männer mit unserem Angebot nicht zufrieden.

„Zehn Euro und wir zeigen unsere Brüste", war Louises neues Angebot. Ich schaute sie entsetzt an. Bis heute hatte ich Probleme herauszufinden, wann sie etwas ironisch meinte und wann nicht. Jetzt konnte ich meinen Sohn Joshua verstehen. Er war Autist und seine Trefferquote bei Ironie lag bei etwa dreißig Prozent. Ich würde ganz sicher nicht meine Brüste zeigen, vorher trage ich das Sofa eigenhändig in mein Wohnzimmer. Die beiden Männer schienen auch überrumpelt und so zahlte ich zwanzig Euro und keiner musste seine Brüste zeigen. Ich gab einem der Männer meine Handynummer, damit sie mich anrufen können, falls sie die Adresse nicht finden.

„Hast du dir auch ihre Handynummer geben lassen? Nicht, dass sie sich mit dem Sofa auf und davon machen." Oh nein, das hatte ich natürlich vergessen. In Gedanken malte ich mir bereits aus, wie ich das eine Sofateil in meinem Wohnzimmer drapieren könnte, damit es nicht zu sehr auffiel, dass es unvollständig war. Glücklicherweise gab es noch ehrliche Menschen und mein Sofa ist vollständig.

Das Klingeln des Telefons riss mich aus meinen Gedanken.

„Na, wo lümmelst du dich schon wieder rum?", fragte mein Vater. Wo sollte ich wohl sein, wenn er über Festnetz anrief?! Außerdem hatte ich ein ganzes Haus zu renovieren, nebenbei meine Kinder Ruby und Joshua zu bespaßen und musste versuchen unseren Hund Jagger davon abzuhalten, die Farbeimer umzukippen. Ich stand vor den Trümmern meiner Beziehung und musste mein Leben neu organisieren. Mein Stresslevel war auf vollem Anschlag.

„Du musst was unternehmen, Milla. Du weißt mit 38 Jahren ist der Lack ab." Mein Vater war wie immer ein Quell an Optimismus. Meine Eltern wohnten in Düren, einer kleinen Stadt zwischen Köln und Aachen. Hätte Papa das nicht etwas netter verpacken können? Obwohl ich mit seiner schonungslosen Ehrlichkeit und seinem eigenen Humor aufgewachsen bin, traf mich seine Bemerkung. Hätte er nicht so was sagen könne wie „Alles wird gut, Milla. Du findest schon den Richtigen."

Die Menschen in Düren verfügen über eine ganz eigene Art von Humor. Wenn Joshua, Ruby und ich in Düren waren und dort übernachteten sagt mein Vater immer, „Besuch ist wie Fisch. Am dritten Tag fängt er an zu stinken." Was für ein liebevoller Rauswurf.

„Du wirkst auf die meisten Männer unnahbar und arrogant. Das macht Männern Angst. Kochen kannst du auch nicht. Du bist also unvermittelbar." Ich und arrogant. Null. Obwohl mir das auch schon andere gesagt haben, die nachher sehr überrascht waren, dass ich ein lustiger und sympathischer Mensch war. Mit dem Kochen hatte er allerdings Recht. Kochen stresste mich. In den sechziger Jahren wäre ich wohl wirklich unvermittelbar gewesen. Heute muss es doch Männer geben, denen andere Werte wichtig sind. Außerdem ist Pizza bestellen eine meiner Kernkompetenzen.

„Für dein Alter hast du dich aber noch ganz gut gehalten." Mein Vater hatte wohl bemerkt, dass eine positive Bemerkung nicht schaden konnte. Eigentlich komme ich ganz gut alleine klar und wirke auf Andere immer so, als wäre ich stark und hätte ich alles unter Kontrolle. Das war aber nicht so. Ich wünschte mir auch wieder jemanden, der mich einfach mal in den Arm nahm und dem ich meine Sorgen erzählen konnte. Jemanden, der mit mir den Rest des Lebens verbringen möchte.

„Ich war übrigens letzte Woche in dem Cafè essen, wo du heiraten wolltest. Du wolltest damals unbedingt Sonnenblumen als Dekoration haben." Mein Vater hat wirklich kein Gespür für unpassende Situationen. Das war doch schon so lange her und immer wieder bekam ich es unter die Nase gerieben. Ich war damals Anfang zwanzig als ich fast geheiratet hätte. Es passte aber einfach nicht und wir hatten völlig unterschiedliche Vorstellungen vom Leben. Leider fiel mir das erst nach der Verlobung auf. Ich hatte immer wieder versucht anzusprechen, dass heiraten wohl keine so gute Idee sei. Das sah er anders und der Hochzeitstermin rückte immer näher. Ich war völlig panisch. Am Altar nein zu sagen wäre auch irgendwie nicht so toll gewesen. Für mich stand schon seit jeher fest, dass ich nur einmal heiraten würde und zwar den Richtigen. Das war er aber nicht. Am Abend vor der Hochzeit hatte ich noch immer keinen Plan, wie ich aus der Sache herauskommen könnte. Glücklicherweise hatte ich meinen Blinddarm noch und erstaunlicherweise fing er unglaublich an weh zu tun. Im Krankenhaus konnte keine klare Diagnose gestellt werden und man beschloss mich zu operieren. Kurze Zeit später haben wir uns getrennt. Er wollte unbedingt an den Hochzeitsplänen festhalten und ich war mir weiterhin unsicher. Vermutlich war das meine einzige Chance jemals einen Heiratsantrag zu bekommen. Also einen wenigstens halbwegs ernst gemeinten.

Joshuas und Rubys Vater hatte mir auch einmal einen Heiratsantrag gemacht. Damals waren wir ungefähr sechs Jahre zusammen. Wir haben mit Joshua einen Kurzurlaub gemacht. Bei einem Spaziergang zog er dann einen Herr der Ringe Ring aus der Tasche. Mir fehlten die Worte. Es ging mir nicht darum einen teuren Ring zu bekommen. Ich brauchte auch gar keinen Ring, aber wenn ich jemals einen Antrag bekommen sollte, dann möchte ich, dass er ehrlich gemeint ist. Da war nun dieser Herr der Ringe Fan-Ring mit irgendeiner elbischen Inschrift, der viel zu klein war.

Ich bin also, was das Thema heiraten angeht, etwas vorgeschädigt. Trotzdem war ich der festen Überzeugung, dass es da draußen irgendwo jemanden geben musste, der es ehrlich meinte. Ich musste ihn nur finden. Ich hatte die romantische Vorstellung, dass man jemanden trifft und direkt weiß, dass es der Richtige ist und den Rest seines Lebens mit ihm verbringen will. Im Idealfall wäre das bei ihm genau so. Anders wäre es auch nicht romantisch.

„Papa, ich muss jetzt mal mit Jagger raus." Jagger unser eineinhalb jähriger Golden Doodle stand schon mit meinem Gummistiefel im Maul neben mir. Er versuchte mir wohl etwas mitzuteilen.

„Kopf hoch auch wenn der Hals dreckig ist, Milla." Was anderes blieb mir auch gar nicht übrig. Mein Hals ist übrigens sauber. Das war wieder eine der Dürener Redensarten.

Zwei

Lass dich nicht unterkriegen,

sei frech und wild und

wunderbar

Astrid Lindgren

Jetzt waren die Sommerferien zu Ende und von Erholung keine Spur. Ich hatte die ganzen Ferien genutzt, um das Haus halbwegs bewohnbar zu machen. Das war natürlich Meckern auf hohem Niveau. Andere Leute hatten keine sechs Wochen Ferien. Ich bin Lehrerin an einer Realschule in der Nähe. Lehrerin ist mein absoluter Traumberuf. Nach einem stressigen Tag mit sechs Unterrichtsstunden behauptete ich vielleicht etwas anderes, aber spätestens nach der Heimfahrt konnte ich mir wieder nicht vorstellen, etwas anderes zu machen. Trotzdem war es als alleinerziehende Vollzeit arbeitende Mutter morgens eine echte Herausforderung, dass wir alle

mit dem richtigen Material am richtigen Ort ankamen. „Ihr müsst euch etwas beeilen. Wir sind spät
dran", versuchte ich Ruby und Joshua anzutreiben.

„Mir geht es schlecht", sagte Ruby und verzog
dramatisch das Gesicht. Nach einer kurzen Be-
standsaufnahme stellte ich fest, „Du bist völlig ge-
sund und kannst in die Schule gehen." Das war nicht
die Antwort, die sie gerne hören wollte. Oh Gott, ich
erkenne Schulschwänzertendenzen.

Joshua kam schlaksig die Treppe herunter. Bei
seinem Anblick wusste ich nicht, ob ich lachen oder
weinen sollte. Er hatte eine karierte kurze Hose, ein
gestreiftes viel zu kurzes T-Shirt und seine Winter-
boots an. Keine der Farben aus dem T-Shirt fand
sich in der Hose wieder. Es war ein wilder Farben-
und Mustermix. Ich war mir nicht sicher, ob Joshua
plötzlich einen Sinn für Ironie entwickelt hatte oder
ob er sein Outfit tatsächlich als schultauglich ansah.
Als Autist befolgte er Anweisungen immer wortwört-
lich. Seiner Ansicht nach war er völlig angemessen
gekleidet. Ich war in Kleiderfragen bestimmt aufge-
schlossen, aber hier legte ich ein Veto ein.

„Du hast doch gesagt, ich solle mich anziehen. Das habe ich gemacht." Joshua konnte das gar nicht nachvollziehen und hatte hinsichtlich seiner Kleidung keine modischen Bedenken. Die Zeit raste und ich wurde immer gestresster. Schließlich konnte ich ihn doch noch davon überzeugen, sich umzuziehen. Unterwegs habe ich meinen Kollegen Marc eingesammelt und kam mehr oder weniger frisch in der Schule an. An der Schule schaute ich erst einmal an mir herunter. Unser Morgen war immer so durchgetaktet, dass viele Dinge automatisiert abliefen und ich immer die Befürchtung hatte, im Schlafanzug in der Schule anzukommen. Alles gut. Es konnte losgehen.

„Frau Madison und Herr Frank wir haben Sie voll vermisst", rief eine Horde Schüler und kam uns auf dem Parkplatz entgegen. Man mag es kaum glauben, aber ich hatte meine Schüler auch vermisst.

Meine erste Stunde hatte ich in der 10. Auf dem Weg nach oben in den zweiten Stock kam mir Alihan entgegen. Er tat als hätte er eine göttliche Erscheinung gesehen und rief, „Prinzessin, Sie sind so schön. Wenn ich ein Kind bekomme, nenne ich ihn Milla." „Für das arme Kind kann man nur hoffen, dass es ein Mädchen wird, denn für einen Jungen fände ich Milla etwas unpassend. Ich musste schmunzeln. In der Klasse 10 traf ich dann auf mehr oder minder motivierte Schüler, die Probleme hatten vom Ferien- in den Schulmodus zu wechseln. Ich hielt meine Rede darüber, wie wichtig, dass kommende Jahr war.

„Habt ihr noch Wünsche, was wir vor der Abschlussprüfung wiederholen sollen?" fragte ich in die Runde. Aleyne meldete sich.

„Frau Madison, können Sie mal bitte alle wichtigen Wörter im Englischen zusammenstellen?" Da hatten sich bis in Klasse 10 ziemlich viele Wörter angesammelt.

„Für Textinterpretationen stelle ich euch eine Liste zusammen, für die anderen wichtigen Wörter gibt es schon ein Buch", antwortete ich.

Aleyne kramte in ihrer Tasche eifrig nach einem Block und eine Stift. „Wie heißt das Buch?"

„Wörterbuch", erwiderte ich ihr schmunzelnd.

„Ihr Ernst jetzt, Frau Madison. Das ist voll dick."
Es war mein bitterer Ernst.

Ich verteilte Referatsthemen, über wichtige histo-
rische Personen. Die Schüler durften in zweier bis
vierer Gruppen ein Thema wählen. Als ich Nelson
Mandela nannte, meldeten sich Laura und Jenny
energisch. Ich war stolz, dass sie mit dem Namen
Nelson Mandela etwas anfangen konnten und ihn
als Referatsthema ausgewählt hatten. Als ich als
nächste Person Rosa Parks vergab, bekam ich mit
halbem Ohr mit, wie Jenny Laura leise fragte, „Das
ist doch der von der Castingshow, oder?"

Die Schüler fingen an, an ihren Referatsthemen
zu arbeiten. Lena stellte mir eine Frage bezüglich
der Abschlussprüfungen. Pablo quatschte mit seinem Sitznachbarn und alberte herum. Während des
Gesprächs mit mir drehte sich Lena, ihre langen
braunen Haare nach hinten werfend, um und sagte,
„Du bist so ADHS, Pablo." Wie sehr ich meine Schüler während der Ferien vermisst hatte. Ich freute
mich immer, wenn ehemalige Schüler mir erzählten,

dass sie das Abitur unter den besten zehn Prozent an ihrer Schule abgeschlossen haben. Irgendetwas müssen wir richtig machen.

Nach Schulschluss war ich völlig ausgelaugt. Ich freute mich schon, auf einen Kaffee zu Hause. Als ich kurz vor der Abfahrt auf mein Handy schaute, fand ich folgende Nachricht von meinem Vater, den ich nachmittags als Hundesitter eingesetzt hatte, „Jagger hatte einen weißen Hasen im Maul. Ich weiß nicht, ob es euer Hase oder der von den Nachbarn war. Den Hasen habe ich ihm weggenommen, habe ihn aber seitdem nicht mehr gesehen. Ich fahre jetzt nach Hause." Oh nein! Nicht, dass es Gandalf war. Neben Jagger hatten wir auch noch zwei Zwergkaninchen, Gandalf und Peaches. Gandalf war weiß, so dass die Beschreibung auf ihn passen würde. Ich war noch nie so schnell zu Hause. Mir war klar, dass ich vor Joshua und Ruby zu Hause sein musste, um die Lage zu überblicken. Unterwegs habe ich mir zu Jaggers Verteidigung Ausreden für die Szenarien „Hase tot" und „Hase schwer verletzt" zurechtgelegt. Wenn mir eins klar war, dann dass Joshua auf einen sofortigen Auszug Jaggers plädieren würden, sollte dem Hasen auch nur ein Schnurrhaar gekrümmt worden sein. Die Ausrede Jagdtrieb würde nicht akzeptiert werden. Es werden einfach keine Mitbewohner gefressen, Jagdtrieb hin oder her. Regel ist Regel. Joshua wollte Jagger schon wegen viel kleinerer Lappalien wieder abgeben. Für ihn sind Regeln wie Gesetze. Er hatte sich schon von klein an immer an alle Regeln und Anweisungen gehalten. Typisch Autist halt. Jagger hat ihm einmal in einem unbeaufsichtigten Augenblick sein Essen vom Teller geklaut und das hatte mich schon extreme Überzeugungsarbeit gekostet und nur mein Versprechen Jagger Manieren beizubringen, hatte seinen Aufenthalt bei uns gesichert. An Ruby gar nicht zu denken. Sie wäre völlig schockiert, wenn Gandalf verletzt oder gar tot wäre.

Zu Hause angekommen fehlte nicht nur Gandalf, sondern auch Peaches jede Spur. Sie hatten sich, mit Jagger als Fluchthelfer von außerhalb, aus ihrem Käfig rausgebuddelt. Ich suchte den ganzen Garten ab und nahm als neues Szenario „Hase auf die

Straße gelaufen und überfahren worden" in mein Ausredenrepertoire. Die Dramatik der Situation wurde durch den einsetzenden Regen noch unterstützt. Ich lief zu unseren Nachbarn und klingelte Sturm.

„Geht es dir gut, Milla?", fragte meine Nachbarin Manuela besorgt. Nein, nichts ist gut hätte ich am liebsten geschrien. Ich bin bis auf die Strümpfe nass, vermisse zwei Hasen und eigentlich möchte ich nur in Ruhe in der Küche sitzen und einen Kaffee trinken.

„Kann ich kurz bei euch im Garten nachschauen, ob unsere Hasen bei euch sind?", fragte ich völlig außer Puste.

„Die habe ich vor einiger Zeit mal bei uns unter dem Trampolin gesehen. Die verstecken sich vor Jerry." Was? Oh nein, die Nachbarskatze war auch noch draußen. Ich hätte vor Verzweiflung heulen können und sah die Chance auch nur einen der Hasen lebendig wiederzusehen als relativ unwahrscheinlich an. Ich zog meine nassen, schmutzigen Schuhe aus, lief durch Manuelas Wohnzimmer, zog meine Schuhe wieder an und rannte wild suchend im Nachbarsgarten herum.

Gandalf und Peaches hatten sich in der Hecke zwischen den Grundstücken versteckt und anstatt sich erleichtert über die Rettung von mir fangen zu lassen, flüchteten sie in unseren Garten. Zu Jaggers Begeisterung rannten sie noch mehrmals zwischen den Grundstücken hin- und her. Innerhalb von Sekunden sah ich aus wie Marylin Manson nach einem wilden Konzert. Meine Wimperntusche lief mir in Strömen die Wangen herunter. Ich war klatschnass und meine Bluse hatte einen langen Riss. Bei der Rettungsaktion musste ich irgendwo hängen geblieben sein. Vor lauter Adrenalin hatte ich noch nicht mal bemerkt, dass ich an der Hand blutete. Nach einer gefühlten Ewigkeit und völlig außer Atem war die Rettungsaktion beendet. Beide Hasen waren völlig unversehrt, nur Gandalf war leicht angesabbert. Ich hatte es also geschafft Ruby ein Horrorszenario zu ersparen und Jagger würde wohl auch bei uns wohnen bleiben dürfen. Es klingelte an der Haustür. Joshua war von der Schule zurück.

„Wie siehst du denn aus?" Ohne meine Antwort abzuwarten fügte er hinzu, „Ich hatte einen anstrengenden Tag. Bin ich froh, dass ich mich jetzt ausruhen kann." Zum Glück war mein Tag völlig relaxed. „Kannst du mir etwas kochen. Ich habe einen Mordshunger." Natürlich. Auch das.

„Ich ziehe mich nur kurz um." Mein Handy klingelte. Es war Louise. „Na du. Wie war dein erster Schultag. Hast du etwas dagegen, wenn ich Ruby von der Übermittagsbetreuung abhole. Any würde gerne noch etwas mit Ruby spielen. Ich bringe sie dir dann später zurück." Any war Louises Tochter. Ruby und Any kannten sich aus dem Kindergarten. Ich erzählte Louise kurz von den Highlights meines Tages und freute mich, doch noch zu meinem Kaffee in Ruhe zu kommen. Ich hatte gerade aufgelegt, da kam eine Nachricht von Marc. „Hast du Lust noch kurz etwas trinken zu gehen." Die hatte ich in der Tat. Ich kochte in Windeseile für Joshua, duschte und schaffte es eine Stunde später halbwegs frisch auszusehen.

„Ich glaube mein Vater hat recht. Als Gesamtpaket sind wie einfach unvermittelbar. Ich werde nie jemanden kennenlernen", brach es auf dem Weg in die Bar aus mir heraus.

„Mich wolltest du ja damals nicht", sagte Marc schelmisch grinsend. „Du warst echt meine größte Fehlinvestition." Na danke auch. Ich hatte Marc damals vor knapp zwanzig Jahren über einen Freund kennengelernt. Es war Samstagabend und ich schon nicht mehr so ganz nüchtern als er mich fragte, „Was machst du morgen?" So weit war meine Planung noch nicht fortgeschritten. „Dann komme ich dich morgen um elf Uhr abholen. Es wird eine Überraschung." Ich hatte mir nicht viel dabei gedacht und zugesagt. Am nächsten Tag hatte Marc mich abgeholt und ist mit mir nach Domburg an den Strand gefahren. Es war November und damit bitter kalt. Er hatte einen Picknickkorb gepackt und einige Decken mitgenommen. Es war ein wirklich schöner Tag. So etwas Süßes hatte vorher noch nie jemand für mich gemacht. Dennoch habe ich unsere Verabredung zu keinem Zeitpunkt als Date betrachtet. Erst viel später hat Marc mir gestanden, dass er damals in mich verliebt war. Jetzt waren wir gute Freunde und seit zwei Jahren hatte Marc eine Stelle an meiner Schule.

In der Bar war es relativ leer. Ich war noch nie zuvor hier, aber es wirkte gemütlich und ich freute mich darauf endlich sitzen zu können.

„Frau Madison und Herr Frank. Wie geht es Ihnen?" Plötzlich stand Jan, ein ehemaliger Schüler an unserem Tisch. Noch bevor wir antworten konnten, saß Jan neben uns und erzählte, dass er nächstes Jahr sein Abitur machen würde. Wie schnell die Zeit verging. Ich werde mich wohl nie daran gewöhnen, dass unsere Schüler uns nach der zehnten Klasse verlassen. Sie wuchsen einem unglaublich ans Herz und man durfte sie einen so langen Teil ihres Lebens begleiten und bekam Höhen und Tiefen mit.

„Ich schreibe nächste Woche eine Arbeit in Englisch. Wir müssen etwas über Wirtschaft schreiben. Könnten Sie beide bitte mal über meinen Text schauen." Marc unterrichtete neben Deutsch auch

Englisch. „Natürlich, du kannst uns deinen Text zumailen, wir korrigieren ihn dann", antwortete ich.

„Ich habe ihn hier." Jan verschwand hinter der Theke und kam mit einem Block wieder.

„Lernst du immer hier?", fragte ich amüsiert darüber, dass man bei der Lautstärke in der Bar überhaupt einen klaren Gedanken fassen konnte. Aber das erklärte die Qualität der Hausaufgaben einiger Schüler.

„Die Bar gehört meinem Cousin und ich helfe manchmal als Kellner aus." Also wurden die Hausaufgaben nicht nur in dieser unruhigen Umgebung, sondern auch noch zwischen dem Servieren von zwei Kaltgetränken gemacht. Jetzt wunderte mich wirklich gar nichts mehr.

Ein dunkelhaariger Mann Mitte dreißig mit kurzen welligen Haaren kam mit Getränken auf unseren Tisch zugesteuert.

„Das ist mein Cousin Alex", stellte Jan ihn vor.

„Von Ihnen beiden habe ich ja schon eine ganze Menge gehört. Jan hat mir oft erzählt, dass Sie ihn immer unterstützt und zum Lernen motiviert haben. Es müsste wirklich mehr so engagierte Lehrer wie Sie geben", sagte Alex mit einem Lächeln.

„An unserer Schule sind eigentlich alle Kollegen so."

„Das war zu meiner Schulzeit ganz anders. Wenn man nicht gelernt hat, dann war man bei Lehrern nicht besonders beliebt und schrieb schlechte Noten. Ich hatte keinen Lehrer, der versucht hat mich zum Lernen zu motivieren", Alex schaute mich lächelnd an.

„Alex hat diesen Laden hier ganz alleine auf die Beine gestellt. Dabei ist das hier noch nicht mal sein Hauptberuf. Er ist Rettungssanitäter." Jan war sichtlich stolz auf seinen Cousin. Er war bestimmt sein großes Vorbild. Alex waren die Lobhymnen auf sich etwas peinlich.

„Das ist doch nichts Besonderes", sagte er. Für Jan war er jedoch der große Held und er fuhr unbeirrt mit seinen Erzählungen aus Alex Leben fort. Alex setzte sich neben mich. Er stellte mir viele Fragen, was ich in meiner Freizeit machte, zum Lehrerberuf und überschüttete mich mit Komplimenten. Die Zeit verging wie im Flug und nach eineinhalb Stunden machten Marc und ich uns auf den Rückweg. Alex hatte mir beim Gehen seine Telefonnummer zugesteckt. Noch immer etwas verwirrt darüber, saß ich in Marcs Auto.

„Der steht voll auf dich", Marc grinste mich an. „Siehst du. So schwer vermittelbar bist du nun doch wieder nicht."

Als ich Ruby und Joshua ins Bett gebracht hatte, sah ich zwei neue Sprachnachrichten auf meinem Handy. Beide waren von Alex.

„Es war sehr schön dich kennengelernt zu haben. Du bist eine tolle Frau. Unglaublich, wie du das alles schaffst. Ich würde mich freuen, dich wiederzusehen."

Eine Minute später hatte er schon die nächste Nachricht auf mein Handy gesprochen.

„Hättest du vielleicht am Wochenende Zeit mit mir Essen zu gehen?"

Ich war sprachlos. Natürlich war mir schon klar, dass er mir seine Nummer nicht gegeben hatte, damit ich für Jans Hausaufgabenkorrektur bereit stand, aber das ging mir jetzt doch alles etwas schnell. Ich fand Alex sympathisch, mehr aber auch nicht. Trotzdem tat es gut, so viel Aufmerksamkeit zu bekommen. Wenn man so lange in einer Beziehung war, wie ich mit Joshuas und Rubys Vater, fehlt einem etwas. Vielleicht ist es auch nur die Gewohnheit. Ich schrieb Alex kurz zurück, dass wir gerne am Wochenende etwas unternehmen könnten. Ruby und Joshua hatten Papawochenende und Essen muss man ja sowieso.

Drei

Single sein bedeutet nicht,

das man zu schwach für eine

Beziehung ist, sondern stark genug,

um auf denjenigen zu warten

den man wirklich verdient

unbekannt

„Jaja, Herr Frank und Frau Madison. Da geht doch was", rief Ronda, eine Schülerin aus der neunten Klasse, Marc und mir am Parkplatz entgegen. Das Gerücht, dass Marc und ich zusammen waren, hielt sich hartnäckig in der Schule. „Ich habe Sie gestern Abend gesehen", fuhr Ronda unbeirrt fort.

„Ja, geht da was? Das wusste ich gar nicht." Marc sah mich augenzwinkernd an.

„Wir sind nur gute Freunde", versuchte ich aufzuklären.

„Als wenn." Ronda hielt hartnäckig an ihrer These fest. Marc und ich machten uns mittlerweile einen Spaß daraus, die Spekulationen der Schüler anzuheizen. Zum Valentinstag hatte Marc mir einen Strauß langstielige Rosen geschenkt. Das blieb von den Schülern natürlich nicht unbemerkt. Ich glaube wir waren so eine Art Daily Soap für die Schüler. Sie waren jeden Tag aufs Neue gespannt, ob es irgendwelche Indizien für unsere Liebe zueinander gab. Egal, Hauptsache sie kamen gerne zur Schule.

„Ich muss noch eben zu Irene. Für die erste Stunde brauche ich ein Stück Kordel", sagte ich zu Marc und rannte zu unserer Sekretärin. Irene, also Frau Schmitz, war die gute Seele unserer Schule. Trotz ihrer ganzen Aufgaben war sie immer für unsere Schüler da und viele Schüler glaubten sie wäre Teil unserer Schulleitung. Ohne Irene ging nichts.

„Guten Morgen, Irene. Hast du irgendwo ein Stück Faden", rief ich Irene beim Öffnen der Türe zum Sekretariat entgegen. Irene war gerade am Telefon und konnte mir nicht antworten. Also fing ich an in ihren Vorräten zu suchen und wurde auch schnell fündig. In einer kleinen Kramkiste lag ein kurzes Stück Schnur mit einem Stück beschrifteter Pappe in der Mitte.

„Vielleicht ist noch mehr Kordel unter dem Stück Pappe zusammengelegt. Ich ziehe mal an den Enden. Vielleicht wird es größer und dann ist es genau richtig", murmelte ich vor mich hin. Aus dem Augenwinkel sah ich, dass Irene mit dem Hörer am Ohr wild gestikulierte. Ich zog an beiden Enden der Schnur und es gab einen riesen Knall. Vor lauter Schreck schrie ich auf und sprang einen Meter zurück. Irene konnte sich vor Lachen nicht mehr halten. Sie hielt die Hörermuschel zu und sagte, „Das war ein Feuerwerksknaller. Den habe ich letzte Woche einem Schüler abgenommen. Das habe ich versucht dir zu sagen. Du bist wirklich der Knaller, Milla." Ja, das stimmte wohl. Noch immer völlig unter Schock ging ich ins Lehrerzimmer, wo sich mein kleines Missgeschick schon herumgesprochen hatte.

„Du bist eine Chaosqueen", lachte mein Kollege Thomas und nahm mich in den Arm.

Meine erste Stunde hatte ich in der neunten Klasse. Als ich in die Klasse kam, schauten mich die Schüler schon gespannt an. Ceyda kam auf mich zu und gab mir zwei Stücke selbstgebackenen Kuchen.

„Die sind für Herr Frank und sie. Sie wissen schon: Netflix and Chill." Ceyda zwinkerte mir vielsagend zu.

„Wir sind nur Freunde." Irgendwie fand ich es schon süß, dass unsere Schüler sich Gedanken über unser Privatleben machten. Mich hatte das früher als Schülerin nie interessiert, was meine Lehrer in der Freizeit gemacht haben und ob sie einen Partner hatten oder nicht.

Wir haben eine neue Grammatik durchgenommen. Bei einem Beispielsatz meldete sich Nick, um mir die Antwort zu nennen. Ich lobte ihn für das richtige Ergebnis. Seine Sitznachbarn schlugen Nick anerkennend auf die Schulter. „Du bist voll Gymnasium", sagte Cem sichtlich stolz auf seinen Freund.

Englisch war nicht unbedingt Nicks Lieblingsfach und Grammatik auch nicht sein Steckenpferd. Ich freute mich auch darüber, dass er die neue Grammatik so gut umsetzen konnte, aber dennoch fand ich, dass wir vielleicht nicht jeden korrekten Satz feiern mussten. Auf Englisch sagte ich schmunzelnd, „Wenn es für euch okay ist, würde ich die Feierlichkeiten gerne auf euren Abschluss verschieben." Alle waren einverstanden und es war eine sehr schöne Stunde mit reger Beteiligung.

Als ich nach dem Gong zur Türe herausging, wartete Leni auf mich.

„Frau Madison. Ich habe ein Problem. Sie sind doch Beratungslehrerin", stammelte sie leise.

„Was ist denn los Leonie?", fragte ich sie besorgt.

„Ich glaube ich bin schwanger." Leni ging in die zehnte Klasse. Wir setzten uns in den Beratungsraum und sie fing an unter Tränen zu erzählen. Leider mit mehr Details, als ich wissen wollte. Ich stellte Fragen, um herauszufinden, wie wahrscheinlich es war, dass sie tatsächlich schwanger war.

„Ich muss jetzt leider wieder in den Unterricht. Komm bitte in der Frühstückspause zum Lehrerzimmer."

Schnell eilte ich zum nächsten Klassenraum. Auf dem Weg dorthin begegnete ich Marc.

„Hast du jetzt eine Freistunde?", fragte ich ihn hoffnungsvoll.

„Neidisch?", frotzelte Marc. „Kannst du bitte kurz in die Apotheke laufen und einen Schwangerschaftstest holen?" , bat ich ihn und erzählte ihm kurz worum es ging.

„Pass bitte auf, dass dich keine Schüler sehen, sonst gehen direkt die nächsten Gerüchte rum und ab morgen steht mein Bauch unter genauester Beobachtung", scherzte ich.

In der Frühstückspause stand Leni völlig aufgelöst vor dem Lehrerzimmer und wartete auf mich. Wir gingen zusammen zur Mädchentoilette in den ersten Stock. Ich erklärte ihr, wie sie den Schwangerschaftstest benutzen musste und versprach ihr vor der Türe Schmiere zu stehen und alle Schülerinnen zu vertreiben. Die Zeit kam mir endlos vor. Nach einer gefühlten Ewigkeit lugte Leni zur Türe heraus. Der Schwangerschaftstest war negativ. Mir fiel ein Stein vom Herzen und Leni brach vor Erleichterung in Tränen aus. Ich nahm sie in den Arm und bat sie in Zukunft vorsichtiger zu sein.

Vor lauter Aufregung bin ich bis zum Schulschluss nicht dazu gekommen, auf mein Handy zu schauen. Alex hatte mir eine Sprachnachricht geschickt. Sprachnachrichten scheinen wirklich in Mode zu kommen. Ich verschickte nie Sprachnachrichten. Wahrscheinlich würde ich mich total verhaspeln und ein totales Kaudawelsch verschicken.

Zu Hause angekommen habe ich gekocht, damit die hungrige Meute gleich direkt essen konnte und gleichzeitig habe ich Steve angerufen. Steve war mein bester Freund. Wir hatten uns vor einem Jahr durch einen Freund kennengelernt. Steve war neben Louise auch der Erste, dem ich davon erzählt hatte, dass ich mich von Rubys und Joshuas Vater trennen möchte. Damals war ich nervlich völlig am Ende. Im Gegensatz zu den meisten Männern, ist Steve wahnsinnig empathisch. Vielleicht lag es daran, dass er auf Männer stand und daher Frauen gegenüber auf das ganze Machogehabe verzichten kann.

„Ich habe jemanden kennengelernt", begann ich das Gespräch.

„Milla, das freut mich für dich. Nach den ganzen Katastrophen hast du das auch mehr als verdient. Hoffentlich weiß er dich zu schätzen." Seit meiner Trennung hatte ich ein paar Dates gehabt, aber Steve hatte schon richtig erkannt, dass es jedes Mal der Supergau war. Ich hatte das Gefühl, dass es keine Männer mehr gab, die ernsthaft bereit waren sich zu binden.

„Du musst mir alles über ihn erzählen", sagte Steve neugierig.

Ich erzählte Steve von Alex und dass wir uns morgen treffen würden.

„Ich drücke dir ganz fest die Daumen, dass er der Richtige ist. Du musst mich unbedingt danach anrufen und erzählen wie es war."

Am nächsten Abend holte Alex mich ab und wir fuhren in ein schönes italienisches Restaurant.

„Ich habe mich so darauf gefreut, dich wiederzusehen", sagte Alex als wir uns setzten.

Während des Essens erzählte er mir von seinen früheren Beziehungen und dass er mit allen seiner Ex-Freundinnen noch gut befreundet sei. Das klang zumindest schon mal nicht nach einem totalen Vollidioten.

„Hattest du nach deiner Trennung schon Dates", fragte Alex.

„Ja, ein paar Mal habe ich mich schon mit jemandem getroffen. Viele Männer haben glaube ich wahnsinnige Angst sich zu binden. Leider sagen sie einem das nicht ins Gesicht. Das macht das Ganze leider nicht wirklich einfach zu durchschauen", antwortete ich nachdenklich.

„Ja, so sind leider viele Männer. Ich würde so etwas nie machen. Das habe ich nicht nötig. Du bist sicher schon oft verletzt worden. Du siehst nicht nur gut aus, sondern bist auch klug und lustig. Was

kann man sich als Mann mehr wünschen?" Kompli-
mente waren mir immer peinlich. Mir fiel es leichter
jemandem zu glauben, wenn er etwas Schlechtes
über mich sagte.

Der Abend war wirklich schön. Ich hatte mich
noch ein paar Mal mit Alex getroffen. Jeden Tag
schickte er mir mehrere Sprachnachrichten und beteuerte, wie sehr er mich vermisste und was für eine
tolle Frau ich doch sei. Ganz plötzlich wurden die
Nachrichten weniger und die Abstände dazwischen
größer. Als ich ihn darauf ansprach, bekam ich folgende Antwort, diesmal als geschriebene Nachricht.
„Du bist so eine großartige Person. Es liegt an mir.
Ich muss mich jetzt voll auf meinen Laden konzentrieren. Du hast jemand Besseren verdient."

Ich konnte meinen Augen nicht trauen. Das alles
kam ohne ersichtlichen Anhaltspunkt und war vorher
nie Thema. Ich hatte tatsächlich jemand Besseren
verdient. Trotzdem war ich am Boden zerstört.

„Mich kann man einfach nicht lieben", schluchzte
ich ins Telefon.

„So ein Vollidiot. Sag doch so etwas nicht, Milla. Du bist toll. Du bist immer für alle da. Deine Schüler lieben dich und deine Freunde auch", versuchte Steve mich zu trösten.

Louise hatte da eine völlig andere Herangehensweise. „Ich komme mit Any vorbei. Du brauchst Prosecco", sagte sie am Telefon. Ja, den brauchte ich.

Vier

Sei du selbst.

Die Welt verehrt das Original.

Ingrid Bergman

Als ich am nächsten Tag in den Spiegel schaute, sah ich völlig verheult aus. Mit einer Menge Make-up versuchte ich meine roten Augen zu überschminken, bis ich wieder halbwegs menschlich aussah. Alex war es gar nicht wert, ihm auch nur eine Träne nachzuweinen. Er hatte so recht, ich bin toll und er hatte mich nicht verdient. Trotzdem ärgerte es mich, dass ich auf sein Geschwafel hereingefallen war.

Als ich in meiner Klasse Politik unterrichtete, war ich sehr stolz auf die tollen Antworten der Schüler. Carina hatte allerdings Probleme mit der Aufgabenstellung und ich erklärte sie ihr. Sie war eine Schülerin mit dem Schwerpunkt Lernen und wurde nicht benotet, sondern bekam schriftliche Bemerkungen zu ihren Leistungen. Carina war sehr gut in die Klasse integriert und keiner ihrer Mitschüler hänselte sie deswegen. Als ich das Unterrichtsgespräch weiter führte, hörte ich wie Carinas Sitznachbarin Maike sie in den Arm nahm. „Du bist nicht dumm. Du hast nur Pech beim Denken." Die Erklärung fand ich völlig süß und Carina fühlte sich nun selbstsicherer und beteiligte sich am Unterricht.

Ich dachte eigentlich, dass ich mich trotz Alex Reaktion und meiner innerlichen Aufgewühltheit ganz tapfer schlagen würde, als eine Schülerin in der Stillarbeitsphase zu mir kam und fragte, „Frau Madison, geht es Ihnen nicht gut. Sie sehen so traurig aus." Ich musste meine Tränen unterdrücken. Ich war so gerührt, dass Sonja sich Sorgen machte.

„Mir geht es gut. Ich habe nur schlecht geschlafen und etwas Kopfschmerzen. Lieb, dass du fragst, Sonja." Ich war froh, als ich wieder zu Hause war. Joshuas Klassenlehrerin Frau Berger hatte versucht mich anzurufen. Hoffentlich war nichts Schlimmes passiert.

„Hallo Frau Berger. Sie hatten versucht mich anzurufen."

„Hallo Frau Madison. Ich wollte mit Ihnen über Joshuas Leistungen sprechen. Seine letzten Klassenarbeiten sind schlecht ausgefallen und im Unterricht beteiligt er sich gar nicht mehr."

Ich wusste, dass die Klassenarbeiten nicht besonders gut waren. Ich hatte es eher darauf geschoben, dass die meisten Schüler in der achten Klasse nicht unbedingt die Lernwilligsten waren. Dass er sich im Unterricht gar nicht mehr beteiligte, machte mir allerdings Sorgen. Nicht, dass Joshua ständig das Bedürfnis hätte sich im Unterricht mitzuteilen. Im Gegenteil, er redete nicht gerne vor Anderen.

Ich versprach Frau Berger einmal nachzuforschen, wo die Lernunwilligkeit herkam. Abends ergab sich eine gute Gelegenheit. Joshua saß am Computer und spielte Minecraft. Das ist sein erklärtes Lieblingsspiel. Als Autist empfand er unsere Welt verwirrend, da er ständig versuchte herauszufinden, was die Menschen meinten und welche Reaktion in den unterschiedlichen Situationen angemessen waren. Auch Geräusche und Lichtreize nahm er viel intensiver wahr. Das Computer spielen half ihm dabei, die ständige Reizüberflutung zu verarbeiten. Joshua hasste es über Gefühle zu reden. Als Autist fiel es ihm schwer Gefühle in Worte zu fassen. Ich musste also behutsam vorgehen.

„Na, wie geht es dir mein Schatz?", fragte ich ihn und setzte mich auf sein Bett.

„Ich bin froh, wenn endlich wieder Ferien sind", seufzte er.

„Fühlst du dich eigentlich in deiner Klasse wohl oder gibt es Schüler, die du nicht so gerne magst?"

Ich versuchte mich vorsichtig an die Thematik heranzutasten. Ohne vom Bildschirm aufzusehen, sagte er, „Die meisten aus meiner Klasse sind echt nervig." Ok, das war ja schon einmal ein Anhaltspunkt.

„Was meinst du mit nervig?" Joshua musste man immer alles einzeln aus der Nase herausziehen.

Ruby war da ganz anders. Sie benutzte Sprache eher inflationär und redete immer und über alles.

„Ein paar Jungen aus meiner Klasse fragen mich nach Klassenarbeiten immer, welche Note ich habe und dann machen sie sich lustig darüber", erwiderte Joshua gleichgültig. Ich war auf 180. Kinder konnten ja so gemein sein. Ich musste ruhig bleiben, sonst würde Joshua das Gespräch sofort beenden. Also versuchte ich meinen inneren Happy Place zu finden und fragte so gelassen, wie es mir die Situation zu-ließ, „ Warum sagst du denen denn deine Note? Das geht die doch gar nichts an."

„Wenn ich das nicht mache bin ich tot." Joshuas Stimme zeigte keinerlei Verärgerung oder Traurig-keit. Ich kochte dafür innerlich umso mehr. Natürlich wusste ich, dass tot jetzt nicht im wörtlichen Sinne zu verstehen war, aber anscheinend hatten Joshuas Klassenkameraden ihn gezielt als Opfer ausgesucht, da er sich in keinerlei Konflikt hineinbegeben würde und sich auch nicht zur Wehr setzte. Durch meine Nachforschungen machte ich schnell einen Jungen Namens Jonas als Drahtzieher aus.

„Meldest du dich deshalb nicht mehr so oft im Unterricht?"

„Immer, wenn ich im Unterricht etwas sage, macht Jonas blöde Bemerkungen und er sitzt auch noch genau hinter mir", Joshuas Stimme begann zu zittern und er konnte seine Tränen nicht mehr zurückhalten.

„Ich werde Frau Berger informieren und um ein Gespräch mit Jonas Eltern bitten." Ich musste mich stark beherrschen, um ruhig zu bleiben.

„Nein, das möchte ich nicht. Das macht alles nur noch komplizierter. Das ist wirklich nicht so schlimm, Mama." Wie, das war nicht schlimm? Das war schrecklich! Joshua saß täglich im Unterricht und war den Schikanen seiner Mitschüler ausgeliefert, allem voran von diesem Jonas. Ich durfte mich also nicht einmischen, daher musste eine andere Lösung her, damit Joshua besser mit dieser Situation umgehen konnte. Mein Gehirn lief auf Hochtouren. Ich war kampfbereit. Jetzt musste ich nur noch Joshua dazu bringen, sich zu wehren. Dieser Jonas war vermutlich das Alphamännchen in der Klasse, der durch sein Gehabe versuchte, Überlegenheit zu zeigen. Er schien nach Joshuas Erzählungen auch nicht der eloquenteste Zeitgenosse zu sein. Das wunderte mich nicht, wenn er so ein Verhalten an den Tag legte, um Macht zu demonstrieren.

„Welche Schimpfwörter kennst?", fragte ich. Joshua schaute mich verwirrt an.

„Ich benutze keine Schimpfwörter, Mama. Das weißt du doch." Das stimmte. Schimpfwörter waren kein gutes Verhalten und damit lehnte Joshua sie konsequent ab. Als er klein war, merkte ich, dass er trotz seiner Abneigung eine Faszination für Schimpfwörter hatte. Also musste eine Regel her, die bei der Benutzung von Schimpfwörtern erlaubte Ausnahmen zuließ. Aus diesem Grunde habe ich ihm damals eine Fluch-Erlaubniszone geschaffen. Die Idee kam mir auf dem Weg zu meinen Eltern nach Düren. Ich erklärte ihm damals, dass er ab jetzt nur in Düren fluchen dürfte. Joshua fand die Idee gut und konnte es kaum erwarten, bis wir das Ortsschild von Düren passiert hatten.

Ruby hatte einen ganz anderen Umgang mit Schimpfwörtern, sehr zu Joshuas Leidwesen. Vor ein paar Wochen hatte ich sie auf ihr Zimmer geschickt, da sie extrem zickig war und hatte ihr gesagt, dass sie wieder zu uns kommen könnte, wenn sie sich beruhigt hätte. Kurze Zeit später kam aus ihrem Zimmer ein lauter punkähnlicher Gesang, mit durchaus eingängiger Melodie. Der Liedtext war allerdings noch nicht sonderlich ausgereift. „Alles ist scheiße, scheiße, scheiße, alles ist doof", sang sie in Endlosschleife.

Die Dürener Fluch-Erlaubniszone hatte Joshua schon lange nicht mehr genutzt. Daher fand ich es war an der Zeit, Joshua noch einmal eine kleine Auffrischung seines Schimpfwortrepertoires zu geben. Schließlich war es meine pädagogische Pflicht herauszufinden, ob sich seine Schimpfwörterauswahl von „Du Esel" und „Du Dummi" altersgerecht entwickelt hatte. Also bohrte ich hartnäckig nach. „Jetzt sag schon. Du musst doch irgendwelche Schimpfwörter kennen", forderte ich ihn auf. Ruby kam aufgeregt in Joshuas Zimmer gelaufen. „Darf ich mitmachen", fragte sie und ihre Wangen glühten vor Aufregung. Ruby war Feuer und Flamme von dem Schimpfwortkurs. Ich erlaubte es ihr. Vielleicht würde die Situation etwas auflockern.

„Ja, du darfst, antwortete ich. Ruby war selig.

„Darf ich anfangen?" Ruby war kaum zu halten und rutschte aufgeregt auf ihrem Stuhl hinterher.

„Du Idiot, Du Dummkopf, Du Vollpfosten", schimpfte sie drauf los. Respekt. Nicht schlecht für eine Siebenjährige. Die Schimpfwörter sprudelten nur so aus Ruby heraus. Joshua war zwischen Entsetzen und Belustigung hin- und hergerissen.

„Soll ich euch mal mein Lieblingsschimpfwort verraten?" Ruby konnte die Antwort kaum erwarten und hing voller Spannung an meinen Lippen.

„Fick dich ins Knie finde ich großartig. Da kann man seine ganze Wut und seinen Ärger reinlegen, weil es so schön lang ist. Außerdem ist es völlig sinnfrei und damit fast lustig." Ich hoffte mit meiner Begründung Joshua die Scheu zu nehmen, das Wort auch tatsächlich einzusetzen. Eigentlich war ich mir sicher, dass er es Jonas nie ins Gesicht sagen würde, aber unser kleiner Schimpfwortaufbaukurs nahm etwas von dem Druck aus der ganzen Jonas Situation. Rubys Augen glänzten vor Begeisterung. „Darf ich das auch mal sagen?", fragte sie mich erwartungsvoll.

Ruby empfand Regeln eher als lästig. Trotzdem musste für die Benutzung von Schimpfwörtern dringend eine Absprache getroffen werden. Ich überlegte kurz und erklärte Ruby mit einem Augenzwinkern in Joshuas Richtung, „Bis zur vierten Klasse darfst du Schimpfwörter nur nach vorheriger Absprache sagen." Joshua fing an zu lachen und Ruby war mehr als einverstanden mit dieser Lösung. „Darf ich es denn jetzt sagen?", versicherte sie sich. Sie wartete meine Antwort ungeduldig ab und wiederholte das Schimpfwort unzählige Male mit einer Inbrunst und Betonung, dass Joshua und ich vor Lachen kaum aufrecht sitzen konnten.

„Siehst du Joshua. Wenn Jonas das nächste Mal eine blöde Bemerkung macht, sagst du „Fick dich ins Knie", drehst dich um und gehst."

Ich glaube ich werde für diese Aktion wohl nicht mit Medaille als Superpädagogin gewinnen oder zur Mutter des Monats gekürt, aber wenn es Joshua half mit der schulischen Situation besser umzugehen, hatte sich die Aktion auf jeden Fall gelohnt. Völlig euphorisch fügte ich hinzu, „Morgen bestelle ich eine Voodoo-Puppe. Jonas kann sich mal warm einpacken." Joshua schaute mich entsetzt an und vermutete ernste dunkle Magie hinter meinem Vorhaben. Ruby schaute mich begeistert an. Ihre Zustimmung war mir sicher.

„Was ist eine Voodoo-Puppe, Mama", wollte Ruby wissen.

„Das ist ein kleines Püppchen, in das man Stecknadeln reinstecken kann. Mit jeder Stecknadel, die man in die Puppe hineinsteckt, wünscht man der Person die sie darstellt, etwas Unangenehmes", erklärte ich.

„Au ja. Dem Jonas zeigen wir es. Der wird nie wieder so gemein zu Joshua sein", sagte Ruby kampfbereit. Ich wünschte Joshua hätte auch nur einen Funken von ihrem Enthusiasmus. Er schaute

51

nur etwas irritiert, aber ich hoffte, dass Ruby ihn mit ihrer Begeisterung anstecken konnte.

Ich machte mir eine Flasche Wein auf und schenkte mir ein Gläschen ein. Diesem Jonas würden wir es zeigen. Ich glaube ich weiß, woher Ruby ihre Begeisterungsfähigkeit hat.

Fünf

Um das Herz und den Verstand

eines anderen Menschen zu verstehen

schaue ich nicht darauf, was er erreicht hat,

sondern wonach er sich sehnt.

Khalil Gibran

Am nächsten Morgen wachte ich noch immer voller Kampfesgeist und mit leichten Kopfschmerzen vom Wein auf. Wir würden das Jonas-Problem in den Griff bekommen und ich würde den Mann meiner Träume kennenlernen. Mit dieser wiedergewonnenen positiven Grundeinstellung kam ich in der Schule an. In der ersten Stunde hatte ich Englisch in der achten Klasse. Als ich gegen Mitte der Stunde die Aufgaben für die Stillarbeit bekannt gegeben hatte, fragte mich Fynn, „Wollten Sie eigentlich schon immer Lehrerin werden, Frau Madison?" Ich überlegte kurz und antwortete, „Als ich klein war wollte ich natürlich Prinzessin werden und als ich ungefähr sieben war, wollte ich bei der Müllabfuhr arbeiten, weil ich immer so beeindruckt von den Männern war, die auf dem Wagen mitgefahren sind. Später hatte ich eine ganze Zeit lang den Wunsch Logopädin zu werden." Ich schaute in einige fragende Gesichter. „Wisst ihr, was eine Logopädin macht?" Einige Schüler schüttelten ihren Kopf und so erklärte ich, „Logopäden arbeiten hauptsächlich mit Kindern- und Jugendlichen mit Sprachbehinderungen und Sprachstörungen." Fynn grinste mich an und sagte trocken, „Jetzt machen Sie doch auch nichts anderes." Ich musste lachen. „Und warum sind Sie dann Lehrerin geworden", fragte Fynn und schaute durch die Reihen seiner Mitschüler, als wollte er sagen, „Wussten Sie nicht, was Sie erwartet?" Die ganze Klasse schaute mich gespannt an. „Habt ihr schon einmal geträumt, dass ihr in euren Schlafsachen in der Schule seid?", fragte ich die Klasse. Das wäre ja absolut schrecklich", riefen einige Schülerinnen. Noch war ihnen der Zusammenhang zu meinem Berufswunsch nicht klar. Also fuhr ich fort. „Ich wollte unbedingt Englischlehrerin werden. Als ich in der fünften Klasse war, waren T-Shirtkleider total angesagt. Meine Mutter ist mit mir in die Stadt gefahren. Wir haben dann ein wunderschönes T-Shirtkleid mit einer englischen Aufschrift gekauft. Meine Mutter verstand genau so wenig Englisch wie ich. Damals hatte ich erst ab der fünften Klasse Englisch. Am nächsten Tag habe ich mein neues Kleid völlig stolz in die Schule angezogen. In der Pause schauten mich einige ältere Schüler komisch an, aber ich war mir sicher, dass sie nur neidisch auf mein Kleid waren. Ich hatte das Kleid auch noch häufiger in der Schule an. Gegen Ende des Schuljahres hatten wir eine Unit im Englischbuch die Sweet Dreams hieß. Mein T-Shirtkleid hatte auch die Aufschrift Sweet Dreams. Ich schaute sofort in der Vokabelliste nach und war entsetzt als ich herausfand, dass das übersetzt so viel wie süße Träume hieß. Ich war also in einem Nachthemd in der Schule und die älteren Schüler hatten das natürlich durchschaut. Daher haben sie mich so komisch angeschaut", beendete ich die Erklärung zu meiner Berufswahl. Es herrschte entsetztes Schweigen in der Klasse, bis Deniz schockiert sagte, „Sie waren ja früher voll das Opfer, Frau Madison." Naja, Opfer fand ich etwas hart, aber zumindest ziemlich unangemessen angezogen. „Damit mir so etwas nicht noch einmal passiert und um euch davor zu bewahren und dieses Trauma zu ersparen, habe ich beschlossen, Englischlehrerin zu werden." Ich weiß nicht, ob es an dem Bericht über das Trauma meiner Kindheit lag, aber alle Schüler arbeiteten erstaunlich rege und leise mit.

Nach der Stunde traf ich Marc im Flur. „Ronda, Ceyda und Julia planen eine Verkupplungsaktion für uns. Ronda hat mir eine rote Rose in die Hand gedrückt und gesagt, mit dir haben sie auch noch etwas vor. Ich solle nach der vierten Stunde warten." Ich schaute ihn amüsiert an. „Die geben wohl nie auf. Ich bin ja mal gespannt, was sie jetzt schon wieder aushecken", sagte ich lachend.

Ich sollte es bald erfahren. In der nächsten Stunde hatte ich Unterricht in der Neunten. Schon vor

der Klassentüre kamen mir die drei Mädels freude-
strahlend entgegen gelaufen. „Frau Madison. Wir
haben eine Überraschung für Sie. Sie werden sich
so freuen. Heute wird Herr Frank ihr Herz erobern",
schrie Ceyda vor Begeisterung. Bisher klang es
noch nicht so schlimm wie befürchtet, aber das sollte sich ändern. „Ich habe meine Schminksachen
mitgebracht. Darf ich Sie nach der vierten Stunde
schminken. Ich mache Ihnen Augenbrauen on fleek.
Sie werden so schön aussehen. Herr Frank wird
sich sofort in Sie verlieben. Biiittteeeee!" Ronda
schaute mich erwartungsvoll an.

„Meine Augenbrauen werden on was?" Ich hatte
keine Ahnung wovon Ronda sprach. „Bitte, bitte, wir
wollen doch, dass Sie endlich glücklich werden,
Frau Madison", bettelte Julia. Die drei Mädels sahen
mich flehend an. Glücklich werden, wäre schon
schön, aber ich war mir nicht so sicher, ob Rondas
Styling dabei helfen würde. Meine Schüler waren auf
ihre schroffe Weise wirklich empathisch. Anscheinend hatten sie gemerkt, dass ich in den letzten
Wochen nicht besonders glücklich wirkte. Dabei

hatte ich alles getan, um mir nichts anmerken zu lassen. Offensichtlich erfolglos. Es wurde eine Antwort von mir erwartet. „Also gut", stimmte ich resigniert zu.

Nach der vierten Stunde erwarteten die Mädels mich schon vor ihrem Klassenraum.

„Setzten Sie sich. Wir dürfen keine Zeit verlieren. Es ist einiges zu tun", sagte Ronda schonungslos. Danke auch. Was sollte das denn heißen. Ronda packte unter den bewundernden Blicken von Ceyda und Julia ihre Schminkutensilien aus. „Wir machen Contouring, Frau Madison. Damit bekommen Sie richtig coole Wangenknochen", erklärte Julia. „Was stimmt nicht mit meinen Wangenknochen", fragte ich scherzend. „Lassen Sie uns mal machen. Sie werden umwerfend aussehen", beteuerte Ceyda. Ich schloss die Augen und harrte der Dinge die da kommen mögen. Ronda puderte mein Gesicht ab und legte mehrmals nach. „Manchmal ist weniger mehr, Ronda", sagte ich und versuchte dabei möglichst wenig Puder einzuatmen. „Zumindest beim Make-up, nicht beim Lernen", fügte ich vorsichtshalber hinzu, um nicht zu gegebener Zeit falsch zitiert zu werden. Ronda bearbeitete nun meine Augenbrauen. „Das ist aber kein Edding, oder Ronda?", fragte ich vorsichtshalber nach. „Vertrauen Sie mir, Frau Madison. Sie werden von dem Ergebnis so begeistert sein, dass Sie immer vor der Schule von mir geschminkt werden wollen", sagte Ronda selbstbewusst. Ich bezweifelte das. „Sie sind fertig", sagten die Mädels. Das klang jetzt schon viel weniger enthusiastisch als vor Beginn meines Stylings. Ich befürchtete Schlimmes. „Das nächste Mal nehmen wir etwas weniger Puder und machen Ihre Augenbrauen etwas weniger on fleek", murmelte Ronda nachdenklich und reichte mir den Spiegel. Ich wusste nicht, ob ich lachen oder weinen sollte. So würde sich definitiv niemand in mich verlieben. Ronda, die einen wesentlich dunkleren Hauttyp als ich hatte, hatte ihren Puder verwendet und ich sah aus, als wäre ich auf der Sonnenbank eingeschlafen. Meine Augenbrauen waren tiefschwarz und doppelt so dick wie sonst. Wenn das on fleek war, dann würde ich diesen Trend wohl nicht mitmachen. „Wer von euch hat Abschminktücher dabei?", fragte ich zwinkernd. Natürlich keiner von ihnen. Mir blieb also nichts anderes übrig, als so wie ich aussah ins Lehrerzimmer zu gehen. Glücklicherweise waren die meisten Kollegen schon gegangen, da alle an diesem Tag nur vier Stunden hatten. Als ich vor der Türe des Lehrerzimmers stand, kam Marc mir entgegen und fragte, „Wo warst du so lange?" Dann stockte er und grinste breit. „Du siehst wundervoll aus. Ich glaube ich habe mich gerade in dich verliebt." Er gab mir die Rose. Ich schaute ihn gespielt verächtlich an, nahm die Rose und verschwand auf der Suche nach Abschminktüchern auf der Lehrerzimmertoilette. Bevor ich die Türe hinter mir schloss, hörte ich Julia sagen, „Ist sie nicht wunderschön? Gleich müssen Sie sie küssen, Herr Frank." Offensichtlich hatten sie Marcs Bemerkung nicht als ironisch entlarvt.

Als ich nach Hause kam, öffnete Joshua mir die Türe. „Wo kommst du denn her, Mama?" Er schaute mich fragend an. „Aus der Schule", antwortete ich und rannte ins Badezimmer, um endlich das ganze Make-up abzuwaschen. Ich befürchte mit meiner

Antwort hatte ich unsere ohnehin für Joshua verwirrende Welt nicht weniger verwirrend gemacht. Als ich aus dem Bad kam, schaute Joshua mich noch immer fragend an. „Warst du so in der Schule?", fragte er ungläubig. „Frag nicht!", sagte ich seufzend. Das war eine Anweisung und Joshua hielt sich immer an Anweisungen, also fragte er nicht.

Heute war auch die Voodoo-Puppe angekommen und nach dem Abendessen drapierte ich sie in der Mitte unseres Esstisches und rief Ruby und Joshua.

„Jetzt zeigen wir es Jonas", sagte ich und legte das zusätzliche Paket Stecknadeln, das ich besorgt hatte, auf den Tisch. Man kann ja nie wissen. Ruby sprang begeistert auf den Stuhl neben mir, während Joshua eher zögerte, ob er überhaupt Teil dieser okkulten Sitzung sein wollte.

„Komm Joshua. Das wird lustig. Jonas passiert nichts, aber du kannst deine ganze Wut heraus lassen", ermutigte ich ihn. Ich reichte Jonas eine Stecknadel.

„Du musst sie jetzt in die Voodoo-Puppe stecken und sagen, was du Jonas wünschst", forderte ich ihn auf. Joshua sah mich zweifelnd an. Ihm war klar, dass er aus dieser Nummer ohnehin nicht herauskommen würde.

„Ich wünsche Jonas tränende Augen", murmelte Joshua, während er der Voodoo-Puppe eine Nadel ins Auge steckte. „Darf ich mitmachen?", fragte Ruby hoffnungsvoll. „Ich finde Jonas auch voll doof!" Sie durfte. Ruby rammte der Voodoo-Puppe eine Nadel ins Knie und rief begeistert, „Ich wünsche Jonas schlimme Knieschmerzen!" Joshua steckte der Voodoo-Puppe eine Nadel in den Bauch und sagte, „Ich wünsche ihm Bauchschmerzen." Er zögerte kurz und fügte hinzu, „Ich kann das nicht." Joshua war nicht wohl bei der Sache, da er Jonas trotz seines Verhaltens nichts Schlimmes wünschen wollte. Ruby war da ganz anders und befürchtete, dass wir die Voodoo-Puppen-Aktion abbrechen würden und fragte, „Darf ich Jonas noch eine Nadel in den Po schieben?" Sie durfte. Als ich Joshua abends eine gute Nacht wünschte, grinste er und sagte,

„Eigentlich war das mit der Voodoo-Puppe doch ganz lustig."

sechs

Wovon ich mir immer zu

viel mache, sind Reis,

Nudeln und Gedanken

unbekannt

Einige Tage später holte ich mein Patenkind Mathilda ab. Ruby saß neben ihr auf dem Rücksitz. Mathilda ging in die gleiche Klasse wie Joshua.

„Diese Woche hat Mama Joshua und mir Schimpfwörter beigebracht. Mein Lieblingswort ist... Mama, darf ich das sagen?" Vielleicht hätte ich betonen sollen, dass wir die Schimpfwörter- und Voodoo-Puppenaktion nicht an die große Glocke hängen sollten. Zu spät. Zumindest hatte Ruby sich an die Regel erinnert, dass sie vor Benutzung eines Schimpfwortes die Erlaubnis dafür haben musste. Mathilda schaute mich erwartungsvoll an. Ich hatte keine andere Wahl, also erlaubte ich es ihr.

„Fick dich ans Knie", brach es aus Ruby heraus und sie grinste dabei über das ganze Gesicht.

„Es heißt fick dich ins Knie", berichtigte ich sie. Präpositionen sind wichtig. Mathilda lachte.

„Und dann habe ich Jonas eine Nadel in den Po geschoben", redete Ruby unbeirrt weiter. Mathilda sah mich fragend an. Es gibt Dinge, die kann man einfach nicht erklären.

Ruby verpflichtete Mathilda zum Spielen in ihrem Zimmer und ich nutzte die Zeit Nachrichten im Internet zu lesen. Beim Lesen kam ich auf eine Studie, nach der intelligente Frauen häufig Single blieben. Oh nein. Panik stieg in mir auf. Ich hatte es ja schon immer geahnt und jetzt stand es dort. Das war es also. Meine Chance irgendwann wieder einen Partner zu finden, war quasi gleich null. Die Tatsache, dass ich zudem eine absolute Chaosqueen bin, machte die Sache vermutlich nicht einfacher. Ich fand einen Artikel zu der Studie an Universitäten in den USA in der Huffington Post.

Warum intelligente Frauen häufig Single sind

Ein Team von Sozialpsychologen hat an drei Universitäten in Amerika eine Studie durchgeführt, wie intelligente Frauen auf Männer wirken.

Die Ergebnisse führten Deprimierendes zu Tage:

Auf Entfernung wirkt Intelligenz auf Männer anziehend. Das zeigen auch Umfragen, in denen Männer Kriterien für mögliche Partnerinnen angeben sollten. Das Kriterium Intelligenz befand sich dabei in mehreren durchgeführten Umfragen in der TOP 3.

Wenn die Männer darum gebeten wurden, intelligente Frauen zu daten, gaben sie die Intelligenz der Frauen jedoch als Ausschlusskriterium an.

Je intelligenter die Frau, desto unwahrscheinlicher ist es, dass sie ein zweites Date mit einem Mann hat.

Die einzige Chance für Frauen auf ein zweites Date ist,

---

dass Männer sie als sehr attraktiv einschätzen müssen. Werden sie von einem Mann als mittelmäßig attraktiv oder als unattraktiv wahrgenommen, half das wenig.

Da stand es schwarz auf weiß. Ich würde nie heiraten. Neben der Studie blinkte penetrant eine Werbung auf. Ich wollte sie gerade löschen, als ich sah, dass es eine Werbung für HappyCouplesForever war. Eigentlich hätte ich es nie in Betracht gezogen, mich näher darüber zu informieren, aber angesichts des Schocks, den die Studie bei mir ausgelöst hatte, klickten meine Finger schon selbstständig darauf. Was ich dort las, ließ neue Hoffnung aufkeimen. Alle paar Sekunden verliebte sich dort jemand. Ich schaute mir die Vertragsbedingungen an. Was?! Die wollen eine ganze Menge Geld dafür haben. Wie kann man denn aus dem Glück anderer Menschen Profit schlagen. Nun gut, ich hatte keine andere Wahl.

Ich war fest entschlossen, meinem Glück auf die Sprünge zu helfen, als das Telefon klingelte.

„Na, Heldin des Alltags", begrüßte mich Louise.

„Louise, ich werde mir jetzt Liebe kaufen. Es gibt keine andere Möglichkeit", sagte ich ohne sie richtig zu begrüßen.

„Bist du sicher? Ist es so schlimm? Wo kann man sich denn hier in Köln als Frau Liebe kaufen?" Ich war schockiert. Louise hatte mich glaube ich falsch verstanden.

„Doch nicht so eine Liebe. Echte Liebe", antwortete ich noch immer schockiert darüber, dass Louise mir anscheinend alles zutraute.

„Aha. Das klingt aber arg nach Verzweiflung", stellte Louise lachend fest.

„Ich befürchte ich bin auch verzweifelt. Ich habe keine Chance jemanden kennenzulernen. Es gibt Studien darüber, die das belegen", rief ich aufgebracht.

„Als wenn es Studien über dich gäbe. Hast du getrunken?"

„Nein! Hallo? Es ist Nachmittag." Nun gut Verzweiflung und Alkohol gehen häufig Hand in Hand.

„Was ist denn heute der Preis für wahre Liebe?", fragte Louise scherzhaft.

Ich nannte ihr den Preis und hörte Louise am anderen Ende der Leitung gespielt dramatisch kollabieren. Direkt konterte ich, „Das ist aber gar nicht schlimm. Wenn ich den Richtigen gefunden habe, dann werde ich sowieso nur noch von Luft und Liebe leben."

Ich glaubte nicht, dass ich Louise von der Taktik meinen Traummann zu finden überzeugen konnte, aber sie würde schon sehen.

Bei der Erstellung meines Profils brauchte ich technische Unterstützung. Leider garantierte einem ein hoher IQ kein technisches Verständnis. Ich schrieb Steve und bat ihn abends vorbei zu kommen.

„Du willst dich also wirklich dort anmelden?", fragte Steve mit einem zweifelnden Gesichtsausdruck.

Wie konnte er das noch hinterfragen, nachdem ich ihm von der Studie erzählt hatte.

„Ja, das bin ich. Ich investiere doch auch in Kleidung, Möbel und meine Arbeit. Warum sollte ich dann nicht auch in Liebe investieren?" Steve stimmte mir zu.

„Eigentlich hatte ich immer gehofft, jemanden ganz romantisch beim Bäcker oder in einem Cafè kennenzulernen", seufzte ich. „Ich glaube, dass es ab einem bestimmten Alter einfach schwierig ist, jemanden kennenzulernen. Früher ist man weggegangen und viele in unserem Alter waren damals Single. Mit Ende dreißig sind die meisten tollen Männer in Beziehungen und die, die es nicht sind, tragen nun auch nicht gerade ein Schild um den Hals mit der Aufschrift `Traummann sucht Traumfrau`."

„Das ist wohl wahr. Wenn man als Mann auf Männer steht, ist das nicht unbedingt einfacher", fügte Steve traurig hinzu. Ich nahm ihn in den Arm. Vor lauter Panik über die Studie hatte ich völlig vergessen, dass ich nicht die Einzige war, die auf der

Suche nach Mr. Right war. Am Ende des Abends und nach einer geleerten Flasche Prosecco stand mein Profil. Eigentlich war ich ganz zufrieden und war gespannt auf die Resonanz.

Sieben

Ich möchte emanzipiert sein

und trotzdem einen schönen Hintern haben,

mit dem ich wackeln kann.

Shirley MacLaine

Am nächsten Morgen schaute ich bei einer Tasse Kaffee direkt unter meinem Profil nach. Ich hatte fünfzehn Nachrichten. Wow, es gab anscheinend auch eine Menge verzweifelter Männer da draußen. Ich schaute mir die Antworten und die Fotos an. Einige Männer kamen nicht in die nähere Auswahl. Wie gemein, dass man eine Auswahl trifft. Man kennt die Person ja gar nicht. Vielleicht war das Ganze doch nicht der richtige Weg. Ich antwortete allen kurz, weil ich es gemein fand, Nachrichten unbeantwortet zu lassen. Da steckten schließlich Menschen mit Gefühlen dahinter.

An diesem Morgen fuhr ich schon viel zuversichtlicher in die Schule. Auf dem Weg dorthin erzählte ich Marc von HappyCouplesForever.

„Wieso hast du das denn gemacht? Du hast doch keine Probleme jemanden kennenzulernen. Wenn wir weggehen, wirst du immer angesprochen." Marc war sichtlich überrascht. Ich erinnerte ihn kurz an die Supergaus meiner letzten Dates und er wurde schon wesentlich verständnisvoller.

„Ich glaube, dass Menschen, die Geld dafür bezahlen um jemanden kennenzulernen, es auch wirklich ehrlich meinen." verteidigte ich mich.

„Das ist aber eine ganz schön teure Vorauswahl", gab Marc zu bedenken. Egal, ich war fest entschlossen.

Die erste Stunde hatte ich eine Vertretungsstunde in Alihans Klasse. Er musste gewusst haben, dass ich zur Vertretung kam, denn als ich die Klasse betrat wies er mich stolz an, die Tafel anzuschauen. Dort stand mehr oder weniger sauber geschrieben

Die Sonne ist gelb,

das Gras ist grün,

die Welt ist heil,

Frau Madison ist geil.

Ich musste schmunzeln. Wer hätte das gedacht, Alihan war zum Poeten geworden. Damit war in der fünften Klasse noch nicht zu rechnen. Da sein Nachname sich auf Eier reimt, hatten sich seine Mitschüler in einem Reim einen Spaß erlaubt und behauptet, er hätte keine Eier. Alihan wollte sofort den Gegenbeweis antreten, konnte aber von der Aufsicht gerade noch daran gehindert werden. „Dann bleibt die Anakonda eben drinnen", sagte Alihan wütend. Alihan hatte für alle seine Körperteile einen Namen. Eigentlich ganz schön verstörend, wenn man so darüber nachdachte. Dass er jetzt die

Poesie für sich entdeckt hatte, empfand ich als einen großen Fortschritt. In Anbetracht der Tatsache, dass er vermutlich erst vor ein paar Minuten mitbekommen hatte, dass ich zur Vertretung komme, war dies ein wahres Meisterwerk.

Die zweite Stunde hatte ich bei den Zehnern. Im Hinblick auf ihre mündliche Prüfung haben wir in Zweiergruppen Dialoge geübt. Ich schrieb einige wichtige Hinweise an die Tafel und wunderte mich, über den eigenartigen Geruch. Als ich mich wieder zu den Schülern umdrehte, sah ich den Grund dafür. „Hanna, du lackierst Melin nicht ernsthaft gerade die Fingernägel", rief ich genervt.

„Ihre Nägel sehen doch auch immer voll schön aus, Frau Madison", verteidigte sich Melin.

„Ja, das mag ja sein, aber ich lackiere sie mir nicht während des Unterrichts. Es kann nicht sein, dass ihr ständig, wenn ich etwas an die Tafel schreibe oder ihr von der Toilette kommt, komplett umgestyled seid." Beim letzten Satz schaute ich Fiona böse an. Ich hatte sie kürzlich zurechtgewiesen, als sie in der Gruppenarbeitsphase den Spiegel im Overhead Projektor benutzt hatte, um sich neuen Lippenstift aufzutragen. „Nicht böse sein, Frau Madison. Das kommt nie wieder vor", sagte Melin und schaute mich mit großen Hundeaugen an. Ich wundere mich immer wieder. Trotz ihre verhaltensoriginellen Art waren die Dialoge nachher ziemlich gut.

Nach der Schule schaute ich in meine HappyCouplesForever Emails und traute meinen Augen nicht. Ich hatte sechsunddreißig neue Nachrichten. Einige Männer hatten mir sogar bereits zwei Nachrichten geschickt. Die mussten definitiv noch verzweifelter sein als ich. Arbeitet denn hier keiner? Ich musste unbedingt mein System verändern. Ich hätte gerne allen geantwortet, um niemanden zu verletzten, aber dann hätte ich meinen Job an den Nagel hängen müssen und wäre hauptberuflich partnersuchend.

Ich fuhr nach Hause und nutzte die Zeit bis Ruby und Joshua von der Schule kamen, um zu überlegen, wem ich antworten könnte. Ein Profil gefiel mir besonders gut, da es sich von den anderen unterschied. Das Profil war von jemandem namens Cem.

Anders als die Anderen, hatte er sich große Mühe gemacht und die vorgegebenen Fragen sehr ausführlich beantwortet oder eigene Sachen geschrieben. Auf dem Profilbild sah er sympathisch aus, also beschloss ich ihm als Einzigem zurück zu schreiben. Alles andere würde den zeitlichen Rahmen sprengen und außerdem versuchte man im wahren Leben schließlich auch nicht mehrere Partner gleichzeitig kennenzulernen. Also im Idealfall.

Ich holte Ruby von der Schule ab und fuhr mit ihr zu Louise. Ruby und Any verschwanden in Anys Zimmer und Louise machte uns einen Kaffee.

„Na, wie läuft es mit der gekauften Liebe?", scherzte Louise.

„Ich bin jetzt schon völlig überfordert", stöhnte ich. „Wieso hat mir vorher niemand gesagt, dass das so zeitaufwändig ist. Man bekommt dort mega viele Nachrichten. Ich habe jetzt aussortiert. Es geht nicht anders."

„Nach welchen Kriterien hast du denn die Auswahl getroffen?"

„Einer hatte ein nettes Profil. Bei den Anderen wirkte es eher lieblos gestaltet. Bestimmt sind diese Typen dann auch im wahren Leben so. Wenn ich doch so viel Geld investiere, dann versuche ich doch auch ein möglichst interessantes Profil zu gestalten." Louise steckte sich einen Keks in den Mund und nickte zustimmend.

„In der ersten Nachricht haben mich einige sogar schon nach meiner Telefonnummer gefragt. Ich kenne sie doch gar nicht. Es könnten irgendwelche Psychos oder Kettensägenmörder sein", sagte ich laut denkend.

„Zeig mir mal deine nähere Auswahl. Ich habe eine gute Menschenkenntnis." Louise und eine gute Menschenkenntnis? Sie hatte immer jede Menge Verschwörungstheorien. Das war schon damals so, als Ruby und Any noch zusammen in den Kindergarten gegangen sind. Damals war sie fest davon überzeugt, eine Mutter bei Aktenzeichen XY ungelöst gesehen zu haben. Auf Louises Befehl haben wir uns dann in den Büschen rund um den Kindergarten versteckt und der Mutter aufgelauert. Louise behauptete, das wäre unsere Pflicht als Bürger, bei der Aufklärung mitzuwirken. Sie faselte noch etwas von Zivilcourage, bevor sie im Busch verschwand und durch ihr Fernglas schaute. Natürlich haben wir nichts Aufsehenserregendes herausgefunden und Louise musste kleinlaut zugeben, dass sie sich eventuell verguckt hatte.

Ich zögerte etwas, aber sie schob mir ihren Laptop rüber und befahl, „Jetzt mach schon!"

Ich öffnete mein Profil und zeigte ihr die Nachricht von Cem. „Ich glaube nicht, dass er Massenmörder ist, eher Drogenhändler", scherzte Louise. Sehr witzig. Das war eine ernste Sache. „Wer sind denn die anderen Kandidaten?" Ich schaute Louise streng an. „Es gibt nur einen Kanditaten. Ich schreibe doch nicht mit mehreren gleichzeitig. Das wäre voll unfair. Das Ganze ist sowieso schon unromantisch genug. Es kostet mich schließlich einen Haufen Geld. Für Liebe bezahlen zu müssen ist das absolute Gegenteil von Romantik." „Und genau deshalb solltest du möglichst vielen schreiben", schlussfolgerte Louise. „Ich habe Prinzipien", sagte ich energisch. Louise zwinkerte mir schelmisch grinsend zu. „Seit wann das denn?!"

Ich schaute auf die Uhr. Ich hatte die Zeit völlig vergessen. Morgen war ein Feiertag und ich musste dringend noch Lebensmittel einkaufen. Schnell packte ich Ruby ein und wir machten uns auf den Weg in den Supermarkt. Einkaufen ohne Liste ist gar nicht mein Ding. Hunger hatte ich blöderweise auch noch. Dann kaufte ich ohnehin immer mehr als ich brauchte.

Wir hatten nur noch eine halbe Stunde, bis der Supermarkt schloss. Ich hetzte Ruby durch die Gänge. Das war gar nicht so einfach. Ständig wollte sie mich davon überzeugen, irgendein Produkt, das sie in der Werbung gesehen hatte, zu kaufen. Als Überzeugungsstrategie sang sie mir dann diverse Slogans vor. Ich war gestresst. Vor Feiertagen neigten die Leute immer zu Hamsterkäufen und alle waren auf die letzte Minute unterwegs.

Unser Einkaufswagen war mittlerweile bis oben voll. Wir machten uns auf den Weg zur Kasse. Mist, wir hatten die Milch vergessen, fiel mir auf. Ich nahm

Ruby an die Hand und zerrte sie hinter mir her. Ich hatte keine Lust sie gleich zu suchen. Alles erledigt, aber wo war der Einkaufswagen. Wir hatten ihn an der Obstabteilung abgestellt. Eine leichte bis mittelschwere Panik machte sich breit. Der Supermarkt würde in wenigen Minuten schließen und wir hätten nichts zu essen zu Hause. Wer klaut bitte einen Einkaufswagen?! Vielleicht war es aber auch Taktik. Gab es vielleicht Menschen, die warteten, bis andere eingekauft hatten, schauten sich dann die Einkaufswagen an und suchten sich den Passendsten aus? Das würde definitiv Zeit sparen. Eine komplette Verschwörungstheorie mit organisiertem Einkaufswagenklau spukte mir durch den Kopf. Ich sollte dringend weniger Zeit mit Louise verbringen, dachte ich amüsiert.

„Ruby, komm mit. Wir müssen zum Infostand." Ruby trottete missmutig hinter mir her. Ich rannte auf den Infostand zu und rief der Dame dahinter aufgeregt entgegen, „Mein Wagen wurde geklaut. Sie müssen bitte eine Durchsage machen!" Die Dame schaute mich entsetzt an. Einkaufswagenklau war anscheinend doch nicht an der Tagesordnung. „Welches Kennzeichen hat denn ihr Wagen?", fragte sie mich mitfühlend. „Ich wusste gar nicht, dass die Kennzeichen haben. Darauf habe ich jetzt nicht geachtet." Ich war verwirrt. „Sie kennen ihr Kennzeichen nicht. Dann war es vermutlich ein neuer Wagen. Das ist ja noch schlimmer." Wieso neuer Wagen? Gab es Menschen, die ihren eigenen Einkaufswagen hatten. Sachen gibt es. Zu Hause werde ich sofort im Internet nachschauen und beim nächsten Einkauf mit meinem schwarzen lackfarbenen Einkaufswagen mit weißer Haltestange alle Blicke neidisch auf mich lenken. Dass ich davon vorher noch nie etwas gehört hatte. Ich bin doch eigentlich modisch ganz weit vorne. „Welche Farbe hat ihr Wagen?" Die Dame riss mich aus meinen Gedanken. „Grau", antwortete ich noch immer irritiert über ihre Fragen. Wie will sie denn so meinen Einkaufswagen ausfindig machen. Das ist nicht wirklich ein gutes Erkennungsmerkmal. „Von welcher Marke war ihr Wagen? Können Sie sich daran noch erinnern?" Sie schaute mich an, als würde sie mit einem Vollidioten sprechen. Woher soll ich denn wissen, von welcher Firma der Wagen war. Das müsste sie doch wissen. Sind die nicht alle von der gleichen Firma. Ich war von der ganzen Fragerei und dem Zeitdruck im Nacken ziemlich genervt. „Oben auf dem Wagen lagen Eier, Nudeln, Vanillepuddings und Toilettenpapier." Die Dame schaute mich entgeistert an. „Reden Sie von Ihrem Einkaufswagen?" Wovon denn sonst, dachte ich. „Ich kann doch keine Durchsage machen, um einen vermissten Einkaufswagen ausfindig zu machen?" Wie kann man nur so unflexibel sein.

„Wenn Sie das nicht können, mache ich die Durchsage", sagte ich entschlossen. Die Dame merkte, dass ein Widerspruch zwecklos gewesen wäre und reichte mir das Mikrofon. Ich räusperte mich und drückte auf den Knopf.

„Ich vermisse meinen Einkaufswagen. Er wurde mir an der Obsttheke entwendet. Der Wagen ist randvoll und oben drauf liegen Nudeln, Eier und Toilettenpapier. Wenn der Wagen nicht wieder an die Obsttheke gebracht wird, müssen meine beiden

Kinder, unser Hund und die beiden Hasen das ganze Wochenende hungern."

Als Ruby das Wort hungern hörte fing sie an zu schluchtzen und rief dramatisch, „Ich will nicht verhungern, Mama." So war nicht nur ich, sondern auch Ruby gut im ganzen Supermarkt hörbar.

Ich griff erneut nach dem Mikrofon und ergänzte,

„Ich bin alleinerziehend und gerade ziemlich gestresst."

Meine Durchsage ließ keine Fragen offen. Die Dame hinter der Theke schaute mich noch immer verdattert an und sagte stotternd, „Viel Glück."

Als wir an der Obsttheke ankamen, stand unser Einkaufswagen wieder da. Es gab eben noch ehrliche Menschen.

Zu Hause angekommen, packte ich die Einkäufe aus und Ruby durfte einen Film schauen. Ich brauchte erst einmal eine Verschnaufpause und schaute nach, ob Cem zurück geschrieben hatte. Tatsächlich hatte er mir eine lange Nachricht geschrieben. Er schien wirklich nett zu sein.

Acht

Stark sein bedeutet

nicht nie zu fallen.

Stark sein bedeutet immer

wieder aufzustehen

unbekannt

Wieso sind Wochenenden eigentlich immer so schnell vorbei? Ich hatte das ganze Wochenende über mit Cem geschrieben und schaute direkt nach, ob ich eine neue Nachricht von ihm hatte. Dieses Mal war es eine kurze Nachricht.

„Hast du heute Abend Lust und Zeit mit mir zu telefonieren?" Erschrocken legte ich den Laptop zur Seite. Reden ist zwar meine Kernkompetenz, aber ich hatte noch nie mit jemandem telefoniert, den ich nicht kannte. Naja, mal abgesehen von diesen Umfrageanrufen von Callcentern. Instinktiv griff ich zum Telefonhörer und wählte Louises Nummer.

„Ist was passiert, Milla?", fragte sie schlaftrunken. „Er will heute mit mir telefonieren", rief ich. „Sag mal, weißt du eigentlich wie spät es ist, du Vogel?" Ich schaute auf die Uhr. Es war kurz nach fünf. Ich hatte völlig vergessen, dass Louise erst später arbeiten und vorher auch nicht mit dem Hund Gassi gehen musste. „Was soll ich denn jetzt machen?" Ich war völlig aufgeregt. „Reden", murmelte Louise. Sie hatte recht. Alles ist gut. Reden kann ich. Vielleicht sollte ich vorsichtshalber eine Themenliste zusammenstellen, falls uns die Gesprächsthemen ausgingen. Ich hatte alles verlernt während meiner langen Beziehung mit Rubys und Joshuas Vater. Am besten machte ich nach der Schule ein paar Testanrufe bei Unbekannten, um zu schauen, wie ich auf Fremde wirkte. „Ich schlafe jetzt weiter. Wir telefonieren später." Louise legte auf. Ich nahm meinen Laptop und schrieb Cem „Ja."

Ich überlegte, was denn gute Gesprächsthemen für ein erstes Gespräch mit einem Unbekannten sind und fing an eine Liste zu machen.

Mögliche Gesprächsthemen

1) Weltfrieden (geht immer; das wollen doch eigentlich alle?)

2.) Bienensterben und die Folgen (nur, wenn er Tiere mag und einen Garten hat)

3.) Freizeitaktivitäten (bloß nicht Prosecco-Trinken mit Louise erwähnen, sonst hält er mich für eine Alkoholikerin; besser: Theaterbesuche..ich war doch letztens mit den 9ern im Theater)

4.) Konflikt im Nahen Osten

5. Wichtig: auf keinen Fall Dürener Sprüche verwenden, die würde er nicht verstehen und mich für komisch halten

6. Fußball (nur, wenn er Sport mag; dringend: vor dem Gespräch noch aktuelle Bundesliga-Ergebnisse googlen

7. Wetter

Ich schaute mir meine potenzielle Themenliste an. Nach der Schule sollte ich dringend nach weiteren Themen suchen und die Testanrufe nicht vergessen. Vielleicht sollte ich bei einem Callcenter anrufen und fragen, wie sie meine Stimme fanden, ob ich sympathisch klang, was sie mir anhand meiner Stimme für Charaktereigenschaften zuschreiben würden, welche Rückschlüsse sie auf mein Äußeres und meine Persönlichkeit machen würden. Die riefen mich schließlich auch ständig an. Jetzt könnten die mal was für mich machen. Nach diesem Telefoncoaching würde ich mich bestimmt besser fühlen. Jetzt musste ich mich beeilen und Ruby und Joshua wecken.

Hoffentlich konnte ich mich heute auf den Unterricht konzentrieren. In Gedanken ging ich das Telefongespräch mehrmals durch. So jetzt fokussieren und den Neunern die Geschichte der Schwarzen in Amerika näher bringen. Ich begann mit einem kurzen Einstieg in das Thema und erzählte von Meilensteinen in der Geschichte. Als ich zu Ende geredet hatte, schaute Younes mich bewundernd an. „Sie sind voll Eminem, Frau Madison. Sie reden so schnell, dass es klingt, als würden sie rappen." Dass ich schnell rede, bekomme ich öfter gesagt. Sofort musste ich an das bevorstehende Telefonat denken. Cem würde mich wahrscheinlich gar nicht verstehen. Das wäre ein Desaster. Younes Interesse war geweckt. „Können Sie auch rappen, Frau Madison?" „Ich rappe nur unter der Dusche, wenn ich meine ganzen Goldketten reinige", antwortete ich scherzhaft und machte mir eine gedankliche Notiz, dass ich nachher auf mein Sprechtempo achten musste. Ich konnte Younes förmlich ansehen, dass er es in Betracht zog, mich für den nächsten Casting-Wettbewerb zu melden und behauptete, er hätte mich während des Englischunterrichts entdeckt. Vermutlich würde er mich dann managen wollen.

In der Frühstückspause ging ich zu Irene ins Sekretariat, um mir einige Formulare zu holen. Irene begrüßte mich und sagte, „Wir haben eine neue Schülerin." Dann klingelte das Telefon und Irene ging dran. Es war mitten im Schuljahr und das Mädchen sah südländisch aus. Momentan bekamen wir mehrmals im Monat neue internationale Schüler, die aus anderen Ländern hierher gezogen waren. Ich wollte die neue Schülerin herzlich willkommen heißen und mich mit ihr unterhalten, bis Irene fertig telefoniert hatte. Da ich nicht wusste, wie gut ihre Deutschkenntnisse waren, sprach ich langsam und betont. „Ver-stehst du deu-tsch." Das Mädchen schaute mich verwundert an. Wahrscheinlich hatte sie mich nicht verstanden. Ich fragte sie auf Englisch. „Do y-ou sp-eak Eng-lish?" Gut, englisch sprach sie offensichtlich auch nicht, da sie nicht antwortete. Sie schaute mich irritiert an. Also versuchte ich es auf Französisch. Irene fing an zu lachen. Sie hatte mittlerweile ihr Telefonat beendet. „Das ist Chiara. Sie kommt von der Realschule in Aachen." Die Arme hat bestimmt gedacht, ich wäre völlig gaga. Ich erklärte ihr, dass ich sie für eine internationale Schülerin gehalten hatte und sie fand die Verwechslung lustig. Da will man einmal helfen. Heute war nicht mein Tag.

Nach dem Unterricht sah ich, dass ich eine Nachricht auf der Mailbox hatte. Es war Joshuas Religionslehrerin. Sie bat um einen Rückruf.

Bevor ich sie zurückrief, wollte ich erst einmal mit Joshua sprechen. „Deine Religionslehrerin hat mich versucht anzurufen. Sie wartet auf einen Rückruf von mir. Ist heute irgendetwas vorgefallen?"

„Ich habe ihr nur gesagt, dass Gott nicht existieren kann, da das den Evolutionstheorien widersprechen würde. Ich habe ihr die Fakten dazu gesagt und gute Buchquellen genannt." Ich seufzte. Wie alle Autisten glaubte Joshua nur an Dinge, die man mit Beweisen belegen konnte. Allerdings hatte ich nicht vermutet, dass er sich auf eine Diskussion mit seiner Lehrerin einließ, aber anscheinend war es ihm wichtig Sachen richtig zu stellen. „Es ist so schwachsinnig, dass es ein ganzes Schulfach gibt, dass sich mit einer Person beschäftigt, die es nicht gibt. Frau München hatte noch nicht einmal greifbare Argumente." Ich konnte mir die Verzweiflung von seiner Lehrerin Frau München während der Diskussion gut vorstellen. Wir sollten dringend darüber nachdenken, dass Joshua zu Praktischer Philosophie wechselt. Frau München war über unsere Entscheidung mehr als erleichtert und versprach alles für den Wechsel in die Wege zu leiten.

Ich hatte die Kinder ins Bett gebracht und versuchte mich innerlich zu beruhigen. Gleich würde Cem anrufen. Hätte ich doch diesen Yoga- Kurs mitgemacht. Die einzige Position die ich kannte, war der Kranich aus Karate Kid. Das Telefon klingelte, ich atmete tief durch und ging dran.

Nach dem Gespräch verstand ich gar nicht, weshalb ich mir solche Gedanken gemacht hatte. Meine Themenliste brauchte ich überhaupt nicht. Vermutlich war das auch besser. Weltfrieden und Konflikte im Nahen Osten wirkten auf Männer wahrscheinlich auch nicht besonders anziehend.

Das Klingeln meines Telefons riss mich aus meinen Gedanken. Es war Marc.

„Ich habe ein Problem", begann er das Gespräch. „Ich habe völlig vergessen, dass morgen die Beerdigung meines Onkels ist und ich habe um 10.30 Uhr ein wichtiges Elterngespräch. Blöderweise ist mein Auto gerade in der Werkstatt."

„Soll ich dich nach der Beerdigung abholen? Ich habe die dritte und die vierte Stunde frei", schlug ich vor.

„Das wäre super lieb. Ich werde mich nach dem Trauergottesdienst noch kurz mit auf den Weg zum Grab machen und dann wäre es super lieb, wenn du mich abholen könntest."

„Na klar. Gar kein Problem. Ich warte dann auf dem Parkplatz auf dich." Marc war sichtlich erleichtert und sagte mir, dass die Beerdigung in Ehrenfeld stattfinden würde.

Neun

Am Ende wird alles

gut werden, und wenn es

noch nicht gut ist,

dann ist es noch nicht

am Ende.

Oscar Wilde

Nach der ersten Stunde machte ich mich auf den Weg nach Ehrenfeld, dem Stadtteil von Köln, wo die Beerdigung von Marcs Onkel stattfinden sollte. Marc hatte mir direkt nach dem Trauergottesdienst geschrieben, damit ich einen zeitlichen Anhaltspunkt hatte. Ich parkte auf dem Friedhofsparkplatz und wartete, aber Marc kam nicht. Einige schwarz gekleidete Menschen verließen das Friedhofsgelände. Ich hielt den Ausgang fest im Auge, damit ich Marc nicht verpasste. Noch immer keine Spur von Marc.

Wo war er nur? Er wusste doch, dass wir es eilig hatten. Ich wurde langsam etwas unruhig, da ich gleich wieder unterrichten musste. Es war wohl am besten, wenn ich Marc entgegen ging, sonst suchte er mich nachher. Auf dem Friedhof angekommen, sah ich eine Menschenmenge in Richtung der Gräber laufen. Das musste Marcs Verwandtschaft sein. Ich versuchte der Trauergemeinde in elegantem, aber schnellem Tempo zu folgen. Es war ein warmer, sonniger Tag und Unmengen an Pollen flogen durch die Luft. Ich konnte gar nicht mehr aufhören zu nießen und Tränen kullerten mir die Wangen herunter. Ich hätte meine Allergietabletten nehmen sollen. Bald hatte ich die Menschenmenge erreicht und versuchte mich langsam nach vorne zu arbeiten. Marc war nirgendwo zu sehen. Eine ältere Dame hakte sich bei mir ein. Vielleicht brauchte sie eine Stütze. Wir gingen eine Weile untergehakt nebeneinander her, während ich mich suchend umblickte. „Kindchen, standen Sie der Verstorbenen nahe. Sie sehen so traurig aus." Ich war nicht traurig, nur allergisch. Wieso der Verstorbenen. Es war die Beerdigung von Herrn Frank. Die alte Dame musste wohl schon leicht dement sein. Ist vielleicht besser, dann geht ihr der Verlust vielleicht nicht so nahe. Die alte Dame schaute mich noch immer auffordernd an und wartete auf eine Antwort. „Ich kannte Herrn Frank gar nicht. Er war bestimmt ein sehr netter Mann. Ich bin hier, um meinen Kollegen abzuholen." Die alte Dame schaute mich verwundert an. „Wer ist denn Herr Frank? Kindchen, das ist die Beerdigung von meiner Nachbarin." Sie musste wirklich sehr verwirrt sein. Hoffentlich passierte mir das im Alter nicht. Trotzdem wurde ich langsam etwas unsicher. Ich sprach eine weinende junge Frau an. Wer so trauert, wusste vermutlich, wer gestorben war. „Entschuldigen Sie bitte. Wessen Beerdigung ist das hier?" Die junge Frau sah mich entgeistert an. Die ältere Dame, die sich noch immer bei mir untergehakt hatte, flüsterte der jungen Frau zu, „Sag es ihr Kim, aber behutsam. Ich glaube sie steht unter Schock." Die junge Frau schaute mich mitleidig an. „Das ist die Beerdigung von Frau Köller, meiner Tante." „Verflucht", rutschte mir unüberhörbar heraus. Die anderen Trauergäste drehten sich zu mir um. „Sie steht unter Schock, wahrscheinlich die

Trauer. Es ist doch nie leicht einen Mensch zu verlieren", verteidigte mich die ältere Dame. Ich sagte stockend, „Den Einzigen, den ich verloren habe, ist mein Kollege." Wie konnte das nur passieren? Ich war auf der falschen Beerdigung und bei meinem Glück auch auf dem falschen Friedhof. Wahrscheinlich gab es mehr als einen Friedhof in Ehrenfeld. Ich tätschelte die Hand der alten Dame, entschuldigte mich und rannte so schnell ich konnte zum Auto zurück. Unterwegs rief ich Marc an. „Wo bist du?", fragte er. „Ich bin auf einer Beerdigung. Erzähle ich dir gleich." Marc lachte schallend ins Telefon. So etwas konnte wirklich auch nur mir passieren.

Ich weiß nicht, wie wir es gemacht haben, aber Marc war pünktlich zum Elterngespräch und ich zu meinem Unterricht wieder in der Schule.

Zu Hause wurde ich von Joshua mit den Worten, „Du glaubst nicht, was mir heute passiert ist", begrüßt. Ich hätte am liebsten gesagt, stell dich hinten an. Ich war heute auf der Beerdigung von jemandem, den ich gar nicht kannte, aber ich riss mich zusammen. Bevor ich nachfragen konnte, brach es aus ihm heraus.

„Ich hatte heute statt Französisch eine Vertretungsstunde bei einem Lehrer, den ich nicht kannte. Wir sollten dann Aufgaben bearbeiten, aber es war so laut in der Klasse, dass ich mich nicht mehr konzentrieren konnte." „Und dann hast du den Kopf auf den Tisch gelegt?" Wenn es Joshua zu laut war, war das seine Art sich zu beruhigen. Er schloss dann die Augen und versuchte abzuschalten. In einem Gespräch mit seiner Klassenlehrerin Frau Berger hatte ihr diese Verhaltensweise auch erklärt, damit sie diese nicht als Unterrichtsverweigerung deutete.

„Ja. Herr Meyer, unser Vertretungslehrer, hat mich total angemeckert und dann vor die Tür geschickt." Mist, Herr Meyer wusste wahrscheinlich nichts von Joshuas Asperger-Diagnose. Ich hatte die Schulleitung und Frau Berger darum gebeten, es den anderen Lehrern mitzuteilen. Das war offensichtlich nicht passiert.

„Dann stand ich vor der Türe und ich hatte doch gar nichts getan. Die anderen Kinder waren doch laut. Aber es kam noch schlimmer. Herr Rubens unser Mittelstufenkoordinator kam vorbei und wollte wissen, weshalb ich vor der Tür stehe. Du weißt doch, dass ich in solchen Momenten nicht antworten kann. Zu allem Überfluss hat dann Herr Meyer auch noch die Türe aufgemacht und Herrn Rubens erzählt, dass ich den Unterricht verweigere und Anweisungen nicht befolge. Ich hatte doch nur Kopfschmerzen." Joshua tat mir leid. Am liebsten hätte ich ihn in den Arm genommen, aber Berührungen mag er nicht besonders. Was für eine blöde Situation. „Ich rufe morgen in der Schule an und kläre das", versuchte ich ihn zu beruhigen. „Das war noch nicht alles. Herr Meyer hat mich dann zu unserem Schulleiter geschleift. Der hat dann noch Frau Berger geholt und die wusste dann Bescheid und hat erklärt, dass es keine Unterrichtsverweigerung ist, wenn ich meinen Kopf auf den Tisch lege. Das war absolut der Horror-Tag." Okay, Joshua hatte definitiv gewonnen.

Es klingelte an der Haustüre und Louise und Any standen vor der Türe. „Wie war dein Tag, Hase?" Ich nahm sie zur Begrüßung in den Arm. „Ich war auf einer falschen Beerdigung und Joshua aufgrund einer Verkettung unglücklicher Umstände bei der Schulleitung." „Wusste ich es doch. Zeit für Prosecco." Louise zog eine Flasche hinter ihrem Rücken hervor und grinste. In diesem Moment hatte ich sie noch viel mehr lieb.

Mein Handy piepte und ich hatte eine neue Nachricht von Cem. „Sollen wir uns am Wochenende treffen? Entweder ich komme nach Köln oder du nach Bielefeld."

Wie Bielefeld? Ich hatte gar nicht danach gefragt, woher er kam. Das wäre bestimmt eine bessere Frage im Fragen-Katalog gewesen. Ich werde diese Frage nach dem Wohnort auf jeden Fall gegen den Konflikt im Nahen Osten austauschen, sollte ich nochmal in diese Situation kommen.

„Er kommt aus Bielefeld", rief ich überrascht. Louise schaute mich fragend an. „Hast du denn keine Entfernungsbegrenzung eingegeben? Anfängerin." Die Entfernung war eigentlich egal, aber irgendwie war ich automatisch davon ausgegangen, dass man Zuschriften von Partnern aus der näheren Umgebung bekommt.

„Ich möchte auf keinen Fall, dass Cem die Kinder kennenlernt, bevor ich mir ganz sicher bin." Das war mir wirklich wichtig. Nicht, dass man nach dem ersten Treffen feststellt, dass es nicht passt und Ruby und Joshua wurden dort mit reingezogen.

„Dann trefft ihr euch halt in Bielefeld", sagte Louise pragmatisch. „Dieses Wochenende ist doch Papawochenende. Jetzt musst du nur noch Jagger unterbringen."

Dann mussten also meine Eltern ran. Ich wählte ihre Nummer und mein Vater ging dran.

„Jagger hat gerade Opa gesagt." Ich musste lachen. Der Prosecco tat seine Wirkung. Ich bin wirklich gar nichts mehr gewohnt. „Er kann es kaum erwarten euch wiederzusehen." Mein Vater stimmte einem Besuch Jaggers zu und dem Treffen mit Cem stand nichts im Wege. Cem freute sich, dass ich dem Treffen zustimmte.

Zehn

Die schwerste Zeit

in unserem Leben ist die

beste Gelegenheit,

innere Stärke zu entwickeln.

Dalai Lama

Ich war gerade aus Bielefeld zurück gekommen. Cem und ich kannten uns jetzt schon seit einem Monat und ich war dieses Wochenende das zweite Mal bei ihm. Wir hatten eine schöne gemeinsame Zeit, haben viel unternommen und verstanden uns prima. Vielleicht war HappyCouplesForever wirklich eine gute Idee gewesen und vielleicht hatte die Beziehung zu Cem tatsächlich eine Zukunft. Ich war die Suche so leid und wollte endlich ankommen. Auf der Rückfahrt hatte ich mehrmals im Stau gestanden, musste Jagger noch in Düren abholen und meinen Unterricht für morgen planen. Viel Zeit blieb mir dafür nicht mehr und ich war ziemlich müde. Ich wählte Cems Nummer, um ihm zu sagen, dass ich gut angekommen war. Er klang irgendwie komisch. Ich wunderte mich etwas, da wir uns noch vor ein paar Stunden gesehen hatten und er hatte nicht gesagt, dass ihn etwas bedrückte.

„Ich weiß nicht, ob ich für eine Fernbeziehung geschaffen bin." Ich war völlig paralysiert und sprachlos. Wann ist ihm das denn aufgefallen?! Wir wussten doch beide von vornherein, dass wir eine Fernbeziehung haben würden. Zumindest anfangs. Cem hatte nie irgendwelche Bedenken dahingehend geäußert. Mir kamen die Tränen und ich wusste nicht, was ich sagen sollte. Ich hatte den ganzen Tag im Auto gesessen, um jetzt diese Erkenntnis zu hören. Cem wollte morgen nochmal mit mir darüber reden, aber für mich war seine Entscheidung getroffen.

Ich sank im Wohnzimmer auf dem Teppich zusammen und weinte bitterlich. Jagger merkte, dass mit mir etwas nicht stimmte und stieß mich mit seiner Schnauze aufmunternd an. Ich rief Steve an und erzählte ihm von dem Telefonat mit Cem.

„Vielleicht habe ich es nicht verdient geliebt zu werden." Ich konnte mich gar nicht mehr beruhigen, weniger wegen des Verlustes als vielmehr, weil ich die Begründung nicht verstand.

„Natürlich verdienst du das. Du weißt, dass du meine absolute Traumfrau bist. Würde ich auf Frauen stehen, würde ich dich sofort heiraten, bevor es jemand anderes macht. Ich kenne dich besser als diese Typen und weiß, was man an dir hat. Hätten die das auch erkannt, würden sie dich nie mehr gehen lassen."

Seine Worte taten so gut und ich wollte das alles so gerne glaube, aber in diesem Moment konnte ich das nicht. Kaum hatten Steve und ich unser Telefonat beendet, rief Louise an, um zu hören, ob ich wieder gut angekommen war.

„Mich wird nie jemand lieben oder gar heiraten. Ich möchte doch so gerne, dass sich endlich jemand für mich entscheidet und einmal in meinem Leben so ein blödes weißes Kleid tragen."

„Schnuckel, du wirst ein weißes Kleid tragen. Bis wann hast du morgen Unterricht?" Ich verstand nicht, worauf Louise hinaus wollte, aber ich sagte ihr, dass ich vier Stunden hätte.

„Um 13 Uhr stehe ich an deiner Schule. Kann Marc dich morgen früh mitnehmen?" Das ging bestimmt.

Ich schlief die ganze Nacht nicht und heulte wie ein Schlosshund. Wieso hatten andere einen Partner und ich nicht. Ich war doch echt ein netter Mensch.

Am nächsten Morgen sah ich schrecklich aus. Ich hatte knallrote geschwollene Augen. Sogar Make-up konnte die Situation nicht verbessern. Den Schülern und Kollegen erzählte ich, dass ich eine schlimme Pollenallergie hatte und deshalb auch schlecht geschlafen hatte. Ich war so froh, als der Unterricht endlich aus war. Als ich aus dem Schulgebäude kam, stand Louise bereits auf dem Parkplatz. Sie reichte mir einen Kaffee. „Um Ruby musst du dir keine Gedanken machen. Martina holt sie von der Übermittagsbetreuung ab und sie bringt Joshua eine Portion Pommes vorbei. Alle sind versorgt und wir haben den ganzen Nachmittag Zeit." Martina war eine gemeinsame Freundin. Wir kannten uns alle aus dem Kindergarten. Ich war Louise mehr als dankbar. Ein wenig Ablenkung könnte nicht schaden. „Wohin fahren wir denn?" Ich war schon etwas neugierig, was Louise geplant hatte. „Nach Düsseldorf. Ich habe einen Termin in einem Brautmodengeschäft gemacht. Ich habe dir doch versprochen, dass du ein weißes Kleid tragen wirst." Louise strahlte mich an. Gequält lächelte ich zurück. Man kann doch nicht einfach in ein Brautmodengeschäft gehen und Brautkleider anprobieren. „Das glaubt mir nie jemand, dass ich heirate. Ich sehe total fertig und übernächtigt aus." Louise schaute mich an. „Ach Quatsch. So schlimm siehst du nun auch wieder nicht aus. Wir erzählen der Dame einfach, dass du gestern deinen Junggesellinnenabschied gefeiert und es ordentlich krachen lassen hast." Als wenn das jemand glauben würde.

„Wir sagen, dass wir beide demnächst heiraten und ein Kleid suchen. Dann sind die im Laden netter, wir können beide Kleider anprobieren und bekommen Prosecco." Ich war mir noch immer total sicher, dass niemand uns abnehmen würde, dass wir Männer gefunden hatten, die uns heiraten würden. Mein Selbstbewusstsein war auf dem Nullpunkt angekommen, aber Louises Begeisterung steckte mich an. Sie konnte es kaum erwarten, in ein Brautkleid zu schlüpfen.

Im Brautmodengeschäft wurden wir freundlich empfangen. Louise erklärte der Verkäuferin, dass wir beide ein Brautkleid suchten. „Haben Sie sich denn schon Gedanken über den Stil Ihrer Kleider gemacht." „Das haben wir bisher noch nicht, aber wir würden gerne unterschiedliche Modelle anprobieren." Louise konnte man wirklich abkaufen, dass wir bald heirateten. Sie wirkte sehr überzeugend. Ich stand noch etwas zögernd vor den Stangen, an denen die Brautkleider hingen. Das war ein wahres Mädchenparadies. Louise nahm meine Hand und zerrte mich hinter sich her. Ab und zu stoppte sie, nahm ein Kleid von der Stange und drückte es der Verkäuferin in die Hand. Ich probierte als erstes ein Meerjungfrauenkleid und Louise ein Prinzessinnenkleid mit jeder Menge Stickerei und Glitzer an. In der Umkleidekabine konnten wir uns vor Lachen kaum halten, da es gar nicht so einfach war, in die Brautkleider hereinzukommen. So kompliziert hatte ich mir das nicht vorgestellt. „Bist du bereit", fragte Louise mich über das ganze Gesicht strahlend. Die Verkäuferin öffnete den Vorhang und wies uns auf eine kleine Bühne vor dem Spiegel hin. Wir sahen einfach umwerfend aus. Louise wanderte in ihrem Brautkleid um mich herum. „Du hast ja voll den Knackarsch, Milla." Brautkleider verband ich jetzt nicht unbedingt mit einem schönen Po, trotzdem freute ich mich über das Kompliment. „Schön, dass dir das jetzt erst auffällt." Ich zwinkerte Louise zu. „Hätten Sie noch einen Wunsch, vielleicht einen Schleier, Blumen fürs Haar oder eine Kette passend zum Kleid." Die Verkäuferin war wirklich geschäftstüchtig. „Wir würden einen Prosecco nehmen", antwortete Louise und zwinkerte mir zu. Louise war wirklich eine Marke. Ich überlegte, welches Kleid ich als Nächstes anprobieren sollte. Ich griff nach einem Kleid, das mir gut gefiel und ging in die Kabine. Das Kleid fühlte sich wundervoll an. Ich öffnete den Vorhang. Louise war sprachlos. Das war das erste Mal, dass ihr die Worte fehlten. Ich trat vor den Spiegel und augenblicklich kamen mir die Tränen. Das war mein Kleid. Es war sehr figurbetont geschnitten, elfenbeinfarben und war vorne kürzer geschnitten als hinten. Louise machte große Augen und flüsterte mir zu, „Das ist dein Kleid, Milla." Louise konnte Gedanken lesen. Ich wollte das Kleid gar nicht mehr ausziehen.

„Ist das ihr Kleid, Frau Madison?" Die Verkäuferin schaute mich fragend an. Ja, das war mein Kleid. „Wir haben das Kleid und ich das Prinzessinnenkleid in die nähere Wahl gezogen, aber wir würden gerne noch eine Nacht darüber schlafen", unterbrach Louise meine Gedanken. Wir verabschiedeten uns und fuhren nach Hause. Was für ein schöner Nachmittag. Louise setzte mich zu Hause ab und ich gab ihr zum Abschied einen dicken Schmatzer.

Marc hatte mir in der Zwischenzeit mehrmals auf die Mailbox gesprochen, um zu fragen wie es mir geht. Ich rief ihn zurück.

„Wie geht es dir und wo seid ihr gewesen?" Marc klang besorgt. „Louise und ich haben Brautkleider anprobiert. Ich habe mein Kleid gefunden. Es ist wunderschön."

„Milla, du weißt schon, dass man für ein Brautkleid auch einen Mann braucht." Ich glaube jetzt hielt Marc mich für total durchgeknallt. „Nein. Louise und ich brauchen dafür keinen Mann. Schlaf gut. Bis morgen früh." Ich lag im Bett und dachte an mein Kleid.

elf

Lebe nur nach deiner

eigenen Melodie und tanze nicht

nach den Noten anderer,

sonst kommst du

aus dem Takt

unbekannt

Eigentlich war ich über Cem hinweg, aber irgendwie tat es trotzdem noch weh. Ich saß am Küchentisch, trank einen Kaffee und immer wieder kamen mir die Tränen. Es ärgerte mich selber, aber an manchen Tagen machte es mich wieder traurig. Nächste Woche war Rubys Geburtstag und ich musste mich zusammenreißen. Das Telefon klingelte. Es war mein Vater. Ich versuchte mir nichts anmerken zu lassen."Wie geht es euch?" Ruhig bleiben und an Hundebabys denken. Bloß nicht wieder anfangen zu heulen. „Uns geht es gut. Wir planen gleich Rubys Kindergeburtstagsparty." Mist. Es war mir nicht gelungen. Meine Stimme hatte angefangen zu zittern und die Tränen liefen. „Was ist denn los? Ist es noch immer wegen dem Typen aus Bielefeld?" Ich rang nach Fassung. „Ja und nein. Es ist mehr das Gefühl, dass es für mich nicht den richtigen Mann gibt." Mein Vater war nicht besonders gut darin, mich zu trösten, wenn ich weinte. „Du wirst ja wohl jetzt nicht zu Rubys und Joshuas Vater zurückgehen. Du weißt doch: aufgewärmt schmeckt nur Gulasch." Mein Vater hatte das Ausmaß meiner Verzweiflung ziemlich richtig eingeschätzt, trotzdem würde ich nicht wieder zu meinem Ex zurück gehen. Es gab einfach zu viele Dinge, die mich in unserer Beziehung verletzt hatten. Ich beruhigte meinen Vater und meine Mutter kam ans Telefon. „Für dich wird auch die Sonne wieder scheinen, Milla." Hoffentlich.

Von HappyCpouplesForever hatte ich jedenfalls erst einmal die Nase voll und hatte seit der Trennung von Cem auch keine Nachrichten mehr gelesen.

Ich rief Ruby und fragte sie, wo sie ihren Geburtstag mit ihren Freunden feiern wollte. Sie wollte unbedingt in den Freizeitpark Zauberland und schmetterte alle Alternativen, die ich ihr nannte, ab. Ich würde also mit einer Horde Siebenjähriger in einen Freizeitpark fahren. Ein Traum.

„Wie soll denn deine Einladungskarte aussehen." Ruby überlegte einen Moment. „Meine Einladung soll ein T-Shirt sein. Du musst für vorne ein Motiv malen und die T-Shirts bedrucken lassen. Hinten soll der Name meiner Freundinnen draufstehen." Ich dachte wir schneiden ein Motiv aus Tonpapier aus und beschriften es. Das klang doch alles etwas aufwändiger als geplant. Nun gut, also musste ich schleunigst loslegen, damit Ruby die Einladungen so schnell wie möglich an ihre Freunde verteilen konnte. Ich steckte mein Handy in die Hosentasche, da ich auf einen Rückruf von Louise wartete. Ich hatte sie gebeten, mich in den Freizeitpark zu begleiten. Meine Hände waren voller Mal- und Bastelutensilien, die ich unten auf dem Esstisch ausbreitete. Ruby hatte in der Zwischenzeit in ihrem Zimmer eine Skizze für den T-Shirtaufdruck gemalt. Komisch, dass Louise sich nicht meldete. Ich suchte mein Handy, um zu schauen, ob ich ihren Anruf verpasst hatte. „Habt ihr mein Handy gesehen?" Es war unauffindbar. Ruby und Joshua schauten sich um. „Ich rufe mich jetzt vom Festnetz an und ihr hört bitte genau hin, wo es klingelt." Es war kein Klingeln zu hören.

„Mama, dein Handy liegt im Klo", hörte ich Ruby von oben herunter rufen. „Das ist nicht lustig." Ich war genervt und langsam stieg Panik in mir auf. Ich rannte in die erste Etage. Bevor ich die Bastelsachen gesucht hatte, war ich tatsächlich auf der Toilette. Mir war nach Weinen zu Mute. Mein Telefon lag in der Toilette und leuchtete. Beherzigt griff ich ins Klo. Vielleicht hatte ich Glück und es hatte das Abspülen überlebt. Ruby föhnte das Handy, während ich es abtrocknete. Mittlerweile war der Bildschirm schwarz. Mein Handy war kaputt und alle Nummern waren weg. Das musste Karma sein. Wenn meine Schüler mir erzählt hatten, dass ihr Handy in die Toilette gefallen war, habe ich immer gelacht und ungläubig gefragt, wie denn so etwas passieren konnte. Das Karma hatte zurück geschlagen. Mein Festnetztelefon klingelte. Als ich die Nummer auf dem Display sah, gefror mir das Blut in den Adern. Es war meine Handynummer. Dabei lag mein Handy genau vor mir und gab kein Lebenszeichen mehr von sich. Das war höchst unheimlich. Also musste ich wohl oder übel morgen nach der Schule in die Stadt, um mir ein neues Handy zu kaufen. Wir bastelten Rubys Einladungskarten, ich bügelte das Bild auf die T-Shirts und beschriftete sie mit den Namen der eingeladenen Kinder. Die T-Shirts waren eine gute Idee, da man so die Geburtstagskinder im Freizeitpark schnell zwischen den anderen Kindern erkennen konnten.

Die ganze Woche über war Ruby total aufgeregt und fragte mich mehrmals täglich, wie oft sie noch schlafen musste, bis sie endlich Geburtstag hatte. Nun war der große Tag da. Ruby hatte das Glück, dass sie sogar mitdurfte. Das war nicht ganz selbstverständlich bei der Familie Madison. Ich konnte mich noch gut an den Geburtstag meiner Oma vor vielen Jahren erinnern. Ich glaube es war ihr 75. Geburtstag. Wie jeden Geburtstag war die ganze Familie in einem griechischen Restaurant essen gegangen. Wir saßen alle an einer großen Tafel und hatten bereits das Essen bestellt. Ich schaute mich um und konnte meine Oma nirgendwo sehen. Mein Bruder Tim saß neben mir. Er muss damals ungefähr acht Jahre alt gewesen sein. „Wo ist denn Oma?" Tim sah mich an, biss ein Stück von seinem Knoblauchbrot ab und sagte völlig unemotional, „Die ist zu Hause. Die konnte nicht kacken." Wir saßen also im Restaurant und hatten das Geburtstagskind zu Hause gelassen? Ich war entsetzt und ich war die Einzige. Alle Anderen fanden es normal, dass man ein unpässliches Geburtstagskind zu Hause ließ. Zur Verteidigung muss ich sagen, dass meine Oma tatsächlich gesagt hatte, dass sie lieber zu Hause bleiben würde.

Alle acht Partygäste trugen das Geburtstagsshirt mit ihrem Namen auf dem Rücken und Louise hatte noch Aufkleber mit meinem Namen und meiner Handynummer gemacht, die wir den Kindern auf die

T-Shirts klebten, falls sie verloren gingen. Zur Sicherheit trugen sie auch noch ein Armband mit den gleichen Informationen. Wir waren also bestens gerüstet. Es war ein super schöner Nachmittag und alle Partygäste hatten mächtig Spaß. Kein Kind ging verloren und nur zwei Kinder sind beim Balancieren über das Wasser hineingefallen und waren klatschnass. Das war ein guter Schnitt.

Wir packten alle Sachen zusammen und machten uns auf den Weg zum Ausgang. Vorsichtshalber zählten wir noch einmal durch. Der Parkplatz war groß und unübersichtlich und an diesem Tag war es relativ voll, so dass wir ziemlich weit weggeparkt hatten. An den Autos angekommen, verteilten Louise und ich alle Kinder auf die Autos. Ein ungutes Gefühl stieg in mir auf. Wild suchend schaute ich mich um. Emily fehlte. „Louise, wir haben Emily auf dem Weg zum Auto verloren", schrie ich panisch. Ich schaute auf mein Handy und sah einen Anruf in Abwesenheit von einer unbekannten Nummer. Hoffentlich hatte jemand Emily gefunden und versucht mich anzurufen. „Hallo, ich habe Ihre Nummer von

Emilys T-Shirt. Wir stehen am Eingang." Gott sei Dank, wir hatten kein Kind verloren. Das wäre wirklich schwer zu erklären gewesen. Ich rannte zurück zum Eingang. Emily stand bei einem großen dunkelhaarigen Mann, der mir schon von Weitem entgegen lächelte. „Ich bin Marcel und das ist mein Sohn Tom." Marcel reichte mir zur Begrüßung die Hand. Erleichtert nahm ich Emily in die Arme. Wir verabschiedeten uns und gingen in Richtung Auto. Auf halbem Weg kam mir Louise entgegen. „Emily darf auf keinen Fall zu Hause erzählen, dass wir sie verloren haben", flüsterte Louise mir ins Ohr. Emilys Mutter war auch Lehrerin und hielt sich für die absolute Superpädagogin. Bei ihrer Zusage zu Rubys Geburtstag hatte sie starke Bedenken geäußert, wie man denn mit acht Siebenjährigen in einen Freizeitpark fahren könne. Das wäre ja viel zu gefährlich. Was da alles passieren könnte. „Wir dürfen jetzt nicht als die verantwortungslosen Mütter darstehen, die es nicht schaffen auf Siebenjährige aufzupassen." Louise bemerkte, dass ich gerade nicht im Stande war, ihr zu folgen. „Ich regle das." Louise ging zu Emily und nahm ihre Hand. „Wie konnte das denn passieren, dass du verloren gegangen bist. Das wäre nicht passiert, wenn du nicht einfach bei dem Clown am Eingang stehen geblieben wärst. Deine Mutter wäre bestimmt ziemlich enttäuscht und sauer, dass du dich nicht an Regeln hälst. Wenn du ihr das erzählst, war das bestimmt dein letzter Kindergeburtstag." Emily schaute Louise entsetzt an. „Ich werde das meiner Mama nicht erzählen. Sagt ihr meiner Mutter bitte auch nicht, dass ich einfach stehen geblieben bin?" Hoffnungsvoll schaute sie uns an. „Nein, das ist unser Geheimnis", Louise zwinkerte erst Emily und dann mir zu. „Erledigt", sagte Louise in ihrer trockenen Art. Manchmal macht sie mir Angst, dachte ich und musste lachen. Was würde ich nur ohne sie machen.

Ich hatte mich gerade zu Hause aufs Sofa gesetzt, als mein Handy klingelte. „Hallo, hier ist Marcel. Wir kennen uns aus dem Zauberland. Ich wollte dich fragen, ob du und deine Tochter vielleicht Lust haben, morgen mit mir und meinem Sohn Tom zum Abendteuerspielplatz zu fahren." Meine Gedanken rasten. Ich war etwas verwirrt. Marcel wollte sich also mit mir Treffen. Ich kannte ihn doch gar nicht. Naja, nach Rubys Definition schon, denn ich kannte seinen Namen. Das hatte sie mir mal gesagt, als sie einen Fremden bei einem Karnevalsumzug angesprochen hatte. Als ich sie darauf hinwies, dass man nicht mit Fremden redet, hatte sie sich demonstrativ umgedreht, den Mann nach seinem Namen gefragt und geantwortet, dass sie ihn jetzt kennt und er Thorsten hieße. Es schien auch unbedenklich Ruby mitzunehmen. Zumindest mochte er Kinder. Schließlich hatte er uns Emily zurück gegeben. Vielleicht wollte er sie auch nur los werden. Auf jeden Fall hatte er sie nicht entführt. Lauter wirre Gedanken gingen mir durch den Kopf. Der Tag war einfach zu lang gewesen, um jetzt objektiv Entscheidungen zu treffen. „Und, was sagst du?" Es war ein öffentlicher Platz, also was sollte passieren. Ich stimmte zu und wir verabredeten uns für nachmittags.

Ich rief Louise an und bedankte mich dafür, dass sie mich heute begleitet hatte. „Was machst du denn morgen?" Ich lachte und antwortete, „Ich habe ein Date." Louise war sprachlos. Ich schaffte es in letzter Zeit immer häufiger diesen Zustand bei ihr zu erreichen. „Mit wem das denn?" Ich erzählte Louise von dem Telefonat mit Marcel. „Du bist echt unglaublich, Milla."

zwölf

Manchen Menschen begegnet

man nur, um zu prüfen,

ob man aus der Vergangenheit

gelernt hat.

Unbekannt

Auf dem Weg zur Schule quetschte mich Marc aus, um zu erfahren, wie mein Date mit Marcel war. Wir mussten leise reden, weil Ruby auf dem Rücksitz saß. An ihrer Schule gab es heute einen pädagogischen Tag und sie hatte schulfrei. Da sie unsere Schule liebte und schon von klein an immer mal wieder mit mir dort war, bestand sie darauf mitzukommen.

„Es war zuerst ganz nett. Wir haben Kaffee getrunken und sein Sohn Tom und Ruby haben sich gut verstanden und die ganze Zeit miteinander gespielt."

„Das klingt doch eigentlich ganz positiv." Marc schaute mich von der Seite an. „Er hat mir die ganze Zeit über komische Fragen gestellt", sagte ich nachdenklich. „Er wollte wissen, weshalb ich mich von dem Vater meiner Kinder getrennt habe, wie viele Beziehungen ich seitdem hatte und ich glaube er ist extrem eifersüchtig."

„Wie kommst du denn darauf?" Ich seufzte. „Als ich ihm von dir und Steve erzählt habe, hat er mich ganz genau ausgefragt und er wollte wissen, ob ich viele männliche Kollegen habe." Marc runzelte die Stirn. „Das klingt tatsächlich merkwürdig. Triffst du ihn wieder?" „Nein, ich denke nicht. Ich habe in der Vergangenheit so viele schlechte Erfahrungen mit Eifersucht gemacht. Ein bisschen Eifersucht finde ich schön, da es zeigt, dass man seinem Partner wichtig ist und er Angst hat einen zu verlieren. Wenn jemand gar nicht eifersüchtig wäre, fände ich das auch schrecklich. Aber zu viel Eifersucht ist schlecht für eine Beziehung."

Marc stimmte mir zu. „Ach, vielleicht sollte ich dich vorwarnen. Ich habe gestern Ronda und Ceyda in der Stadt getroffen, als ich mit meiner Cousine in einem Cafè saß. Ronda ist wie eine Furie zu uns gekommen und hat mich angemeckert, weshalb ich dich betrügen würde. Das hättest du nicht verdient. Meine Cousine wäre viel hässlicher als du." Ich musste lachen. Als wir auf den Parkplatz der Schule fuhren, warteten Ronda und Ceyda bereits auf mich. „Frau Madison. Wir müssen Ihnen etwas Wichtiges sagen. Herr Frank betrügt Sie. Ceyda und ich haben es mit unseren eigenen Augen gesehen." Ich musste mich stark zusammenreißen, um nicht laut loszulachen. „Das ist nicht schlimm. Wir haben eine offene Beziehung. Er kommt sowieso wieder zurück, weil er weiß, dass ich die Tollste bin." Marc schaute mich grinsend an.

Ruby wurde in der Schule begrüßt wie eine Königin. Während des Unterrichts saß sie am Pult und spielte mit den Pferden, die ich in ihren Rucksack gepackt hatte. Plötzlich wurde es völlig still in der Klasse. „Frau Madison, seien Sie mal bitte leise. Wir wollen hören, was Ruby singt." Vor lauter Unterrichten, hatte ich gar nicht wahrgenommen, dass Ruby angefangen hatte das Krokodil vom Nil zu singen. „Kann sie das bitte etwas lauter singen?" fragte Fynn. Ruby stand auf und fing verschüchtert an zu singen. Als die Klasse Beifall klatschte, wurde sie immer selbstsicherer und sang lauter und begann wild durch den Klassenraum zu tanzen. Die Neunt-klässler waren begeistert. Nach dem Livegesang fuhr ich mit dem aktuellen Thema fort. Ruby stellte sich neben den Stuhl am Lehrerpult, streckte die Arme zur Seite und rief laut, „Und jetzt alle!", während sie sich bäuchlings auf den Stuhl legte und wild mit den Armen und Beinen ruderte. „Dürfen wir?", fragte Kasper und die Klasse sah mich erwartungs-voll an. „Ruby, setz dich bitte wieder. Ich bin hier die Entertainerin." Die Schüler schauten mich enttäuscht an. Ich war so eine Spielverderberin. Ruby wird vermutlich mal Animateurin, also falls das mit dem Prinzessin werden nicht klappt.

Die Frühstückspause verbrachte Ruby auf den Schulhof mit den anderen Schülern. Sie wusste, dass ich im Lehrerzimmer war und kopieren wollte. Als ich kurz vor Unterrichtsbeginn zur Toilette ging, hörte ich eine Durchsage, „Hallo Frau Madison, also Mama, hier ist deine Tochter Ruby. Wo bist du? Ich suche dich schon die ganze Zeit und vermisse dich sehr." Hier kann man noch nicht einmal in Ruhe zur Toilette gehen, ohne dass man per Durchsage gesucht wird. Ich fand Ruby dann bei Irene im Sekretariat. Sie hatte wohl Gefallen an Durchsagen gefunden und befahl Irene, sie immer zu rufen, wenn sie etwas durchsagen wollte. „Du hast auch Post. Ich habe sie dir in dein Fach gelegt", sagte Irene. Das klang wichtig. Ich ging zu meinem Fach. Dort lag ein Brief der 8b. Ich begann zu lesen.

Liebe Frau Madison,
auch wenn Herr Frank sich mit anderen Frauen trifft wissen wir, dass er tief in seinem Herzen nur Sie liebt. Bitte seien Sie nicht sauer auf ihn und geben Sie ihm noch eine Chance.
Sie beiden gehören einfach zusammen.

Wir lieben Sie,
Ihre Klasse 8b

Auf dem Brief hatten alle Schüler der Klasse unterschrieben. Ich war wirklich gerührt. Auf dem Weg ins Lehrerzimmer lief ich Marc in die Arme, der auch einen Brief in den Händen hielt.

„Du bist meine wahre Liebe und ab jetzt werde ich dich nicht mehr mit meiner Cousine betrügen. Versprochen", scherzte er. Er gab mir seinen Brief.

Lieber Herr Frank,

Sie und Frau Madison gehören zusammen und das wissen Sie auch. Sie werden nie wieder eine so tolle Frau wie Sie finden.
Sie ist einfach wunderschön, auch ohne Make-up.
Wenn Frau Madison lächelt, geht die Sonne auf.
Bringen Sie das wieder in Ordnung, bevor es zu spät ist und hören Sie auf Frau Madison zu betrügen.
Wir behalten Sie im Auge.

Wir lieben Sie trotzdem,
Ihre Klasse 8b

„Tja, dann wird dir wohl nichts anderes übrig bleiben, als meine Nebenbuhlerinnen alle abzuschießen. Die Achter haben ein Auge auf dich. Ich werde alles erfahren." Marc lachte und sagte, „Das befürchte ich auch."

In der nächsten Stunde ließ ich einen Vokabeltest in meiner Klasse schreiben. Das war heute schon der zweite Vokabeltest. Die Zehner hatten auch einen geschrieben. Ich teilte in der siebten Klasse die Teste aus und die Schüler fingen eifrig an zu schreiben, außer Oskar. „Frau Madison, das ist ja voll schwer. Ich kenne keine der Vokabeln", stöhnte er. „Dann musst du dringend besser lernen", antwortete ich streng.

Abends korrigierte ich die Vokabelteste, damit ich sie direkt am nächsten Tag zurück geben konnte. David aus der Zehn hatte von zwanzig Wörtern nur zwei Vokabeln gewusst. An den Rand des Testes hat er `God is always the right answer` geschrieben. Ich musste lachen. Gott war vielleicht in den meisten Lebenslagen die richtige Antwort, aber in diesem Vokabeltest würde er ihn auch nicht vor einem ungenügend bewahren. Als ich bei den Siebtklässlern zu Oskars Test kam, musste ich schlucken. Kein Wunder, dass er keine der Vokabeln kannte. Er hatte aus Versehen einen Test der Zehner bekommen. Uups. Der Arme. Morgen darf er dann den richtigen Test nochmal schreiben.

Ruby und Joshua lagen bereits im Bett und ich beschloss noch einmal in meine HappyCouplesForever Nachrichten zu schauen. Rein interessehalber. Mein Postfach war brechend voll. Ich schenkte mir ein Glas Wein ein und begann einige der Nachrichten zu lesen. Ein Christoph hatte mir bereits drei mal in den letzten Tagen geschrieben. Ganz schön hartnäckig und dass obwohl er gesehen haben musste, dass ich schon seit längerer Zeit nicht mehr auf der Seite war. Es gab eine Anzeige, die das Datum des letzten Besuchs anzeigte. Seine Nachrichten waren wirklich nett geschrieben, also beschloss ich ihm auch eine Nachricht zu schicken. Kaum hatte ich die Nachricht verschickt, kam bereits eine Antwort. Nach mehrmaligem hin- und herschreiben, fragte er mich, ob ich Lust hätte mit ihm einen Kaffee trinken zu gehen. Warum eigentlich nicht. Kaffee geht immer. Er schlug direkt den nächsten Tag vor. Was hatte ich schon zu verlieren? Viel schlimmer als die vorherigen Dates konnte es gar nicht werden. Mit diesem Gedanken schlief ich ein.

Dreizehn

Wenn ich mein Leben noch

einmal leben könnte, würde

ich die gleichen Fehler machen.

Aber ein bisschen früher,

damit ich mehr davon habe.

Marlene Dietrich

Ich hatte schon total lange nicht mehr mit Steve telefoniert. In der Schule war es unglaublich stressig und ich hatte das Gefühl, kein Bein mehr auf den Boden zu bekommen. Außerdem hatte ich die wenige Freizeit mit Christoph verbracht.

„Wie hast du ihn nochmal kennengelernt? Das ist jetzt drei Wochen her, oder?" Das stimmte. „Wir haben uns das erste Mal in einem Kaffee getroffen. Fast hätte das Treffen gar nicht stattgefunden. Wir haben uns in Düsseldorf getroffen und da kenne ich mich gar nicht aus. Ich bin dann in ein Parkhaus gefahren und bin aus dem Ausgang herausgegangen. Ich stand mitten in einem Innenhof. Um mich herum waren nur Bürogebäude. Ich wollte dann nach einem anderen Ausgang suchen, aber die Türe ließ sich von außen nicht mehr öffnen. Hatte ich eine Panik. Aus dem Innenhof kam ich nicht mehr heraus und da wir uns das erste Mal an einem Sonntag getroffen haben, war niemand in den Büros. Kurz hatte ich es in Betracht gezogen über den Zaun zu klettern, aber Gott sei Dank kam dann doch noch jemand und ich war befreit." Bei dem Gedanken an dieses Horrorszenario musste ich lachen. Ich bin anschließend durch die Straßen geirrt, bis ich das Cafè gefunden hatte und habe Christoph mit den Worten, „Egal, wie blöd du mich findest, du musst mir nachher helfen mein Auto zu suchen", begrüßt. Bei der Verabschiedung hatte Christoph mich geküsst und gesagt, jetzt müsse er wohl mit seiner Freundin Schluss machen. Er hatte eine Freundin und hat sich trotzdem mit mir getroffen, mit mir geschrieben und telefoniert. Im ersten Moment war ich stinksauer, aber er hat sich entschuldigt und gesagt, dass er sonst gar nicht so ist und dass es nur daran lag, dass er sich so magisch von mir angezogen gefühlt hatte.

„Bist du glücklich, Milla?" Ich wusste nicht so recht, was ich darauf antworten sollte. Wir waren ja noch nicht so lange zusammen und unsere Treffen waren eigentlich ganz schön, aber es gab einige Dinge, die es mir schwer machten, ihm zu vertrauen. Außerdem hatte ich die Befürchtung, dass er während er sich mit mir trifft, mit anderen Frauen schrieb und traf und wenn ihm eine davon gefiel, mit mir Schluss machte. Der Gedanke war mir bei unserem ersten Treffen schon gekommen. Auch in Gesprächen hatte man das Gefühl, dass er vielleicht nicht hundertprozentig bereit war, sich festzulegen. Aber das war nur so eine Vermutung. Bei unserem Treffen letzte Woche hatte er mir gesagt, dass er denkt, dass ich gefühlsmäßig viel weiter sei, als er. Was? Woher wollte er denn wissen, wie es mit meinen Gefühlen aussah. Vor allem, weil es mir nachdem, was ich über ihn wusste und meinen bisherigen Fehlschlägen schwer fiel, ihm und überhaupt jemandem zu vertrauen. Eine andere Sache, die ich eigenartig fand war, dass wir ständig nur über seine Probleme sprachen und er mich um Rat gefragt hat. Er hat nicht einmal gefragt, ob es mir gut geht und ich hatte gerade eine Menge um die Ohren.

„Milla, bist du noch da?" Ich war wohl mit meinen Gedanken abgeschweift. „Weißt du, was komisch ist?" Ohne eine Antwort abzuwarten sagte ich, „Christoph hat gar keine Freunde. Die einzigen Menschen, mit denen er sich trifft, sind sein Vater und seine Tante. Dabei ist er in Düsseldorf aufgewachsen. Dann kennt man dort doch eine Menge Leute." Dass Christoph keine Freunde hatte, hatte mich schon von Anfang an verwundert und ehrlichgesagt auch misstrauisch gemacht. Anscheinend sehnte er sich ja nach Gesellschaft, wenn er öfter seinen Vater oder seine Tante besuchen fuhr. „Letztes Wochenende hatte er kinderfreies Wochenende und hat alleine zwei Stunden lang in einem Fast Food Restaurant gesessen und Kaffee getrunken. Abends." Was macht man bitte zwei Stunden abends alleine beim Kaffeetrinken? „Das ist wirklich ziemlich eigenartig. Bist du sicher, dass du dich weiter mit ihm treffen willst, Milla?" Ehrlichgesagt war ich mir unsicher. „Ich finde es blöd, wenn man so schnell aufgibt. Ich lerne ihn ja gerade erst richtig kennen. Wenn man immer bei den kleinsten Problemen aufgibt, kommt man nie weiter." Steve stimmte mir zu. „Hast du Lust gleich mit Ruby und mir shoppen zu gehen? Ich habe das Bedürfnis

irgendetwas zu kaufen." Steve lachte.

In der Stadt war es brechend voll. In einem Geschäft hatte ich ein sehr schönes Kleid gesehen. Ich schaute mich weiter um. Aus dem Augenwinkel sah ich, wie Ruby sich neben eine junge Frau stellte und sie penetrant anlächelte. Die junge Frau konnte ihrem Charme nicht widerstehen. „Gehst du mit deiner Mutter shoppen?" Ruby schaute sie böse an und sagte erbost, „Ich darf nicht mit fremden Menschen reden." Danach drehte sie sich um und stellte sich neben einen älteren Herren. Steve schaute mich fragend an. „Sie übt nur. Wir lesen gerade ein Buch darüber, weshalb man nicht mit Fremden mitgehen darf. Offensichtlich hatten wir den entscheidenden Durchbruch." Steve lachte schallend. „Kannst du bitte Ruby im Auge behalten, ich würde gerne das Kleid anprobieren." Ich verschwand in der Kabine und probierte das Kleid an. Es sah einfach großartig aus. Leider hatte ich bei engen Kleidern immer eine Problem. Um den Brustbereich spannte es meistens und bereitete Schwierigkeiten beim An- und Ausziehen. So war das auch bei diesem Kleid. Das Kleid hatte ich bereits so weit hochgezogen, dass ich meine Arme nicht mehr bewegen konnte. Ich steckte fest. Das Dumme war, dass ich auch keine Hilfe holen konnte, da ich unten herum nicht wirklich angezogen war. Zu allem Überfluss klingelte mein Handy auch noch. Vor der Kabine hörte ich eine Verkäuferin eine andere Kundin beraten. „Hilfe", rief ich leise durch den Vorhang. Die Verkäuferin kam und befreite mich und es war nicht so peinlich wie befürchtet.

„Christoph hat versucht mich anzurufen." Ich schrieb ihm eine Nachricht, dass ich in der Stadt sei und ihn später anrufen würde, wenn es nichts Wichtiges war. Christoph schrieb direkt zurück, dass er gerne mal mit mir reden würde. „Er will Schluss machen." Ich sprach meinen Gedanken laut aus. „Bist du sicher? Vielleicht ist es ja auch etwas ganz anderes." Ich war mir total sicher und schrieb zurück, „Worüber?" Wieder kam sofort eine Antwort. „Er will über uns reden." Steve schaute mich mitfühlend an. Obwohl ich schon damit gerechnet hatte, traf es mich. Die Lust auf Shoppen war mir gehörig vergangen. Ich hatte irgendwie das Gefühl, dass er mich gegen eine Andere austauschen wollte, mit der er sich schon getroffen hatte. Ich rief Louise an. Zwischenzeitlich hatte Christoph mir geschrieben, dass er gerne mit mir befreundet bleiben würde, weil ich ihm so wichtig wäre. Bla bla. Ich hatte genug Freunde, so jemanden wie ihn brauchte ich nicht. „Christoph hat eben Schluss gemacht. Ich bin mir sicher, dass er schon wieder eine Neue hat und dass das einfach seine Masche ist, die er mit allen abzieht." Louise war sofort kampfbereit. „Du musst da unbedingt heute Abend vorbei fahren und schauen, mit wem er sich trifft. Ruby kann hier schlafen." Ich antwortete nicht. Einerseits wollte ich natürlich wissen, ob ich mit meiner Vermutung richtig lag, aber anderseits wollte ich keine weitere Mühe in diese Sache investieren."

„Du musst das machen, sonst kannst du mit der Sache nicht abschließen." Vielleicht hatte Louise recht und ich würde sonst den Fehler wieder nur bei mir suchen, wie die Male davor.

Nachdem wir Ruby zu Louise und Any gebracht hatten, machten Steve und ich uns auf den Weg zu Christophs Haus. Wir parkten etwas weiter weg und beobachteten das Haus. Mein Telefon klingelte.

Es war Marc. „Bist du zu Hause? Wenn du Zeit hast, komme ich zum Quatschen vorbei." Marc würde mich vermutlich für total durchgedreht halten, aber ich riskierte es. „Ich beschatte gerade mit Steve Christophs Haus." Es gibt Dinge, die kann man nicht erklären, trotzdem versuchte ich es. Erstaunlicherweise hatte Marc Verständnis für meine Situation und wünschte mir Glück, dass ich Christoph auf frischer Tat ertappe. Ich hatte schon vorher gemerkt, dass er kein großer Fan von Christoph war. Steve stupste mich an. Ein schwarzes Auto parkte vor Christophs Haus und eine Frau in meinem Alter stieg aus. Die Haustüre öffnete sich und Christoph ging ihr entgegen und küsste sie zur Begrüßung auf den Mund. Das war also vermutlich weder die Cousine noch seine Schwester. Die ganze Situation war wie in einem schlechten Film. Ich lag also richtig mit meinem Gefühl, dass er diese Masche vermutlich schon öfter durchgezogen hatte. Auf dem Rückweg schrieb ich ihm „Hast du eine Neue?" Das war seine letzte Chance, dass er in meinen Augen noch ein Fünkchen Respekt wert war.

„Ich glaube, dass durch die ganzen Dating-Plattformen viele Männer das Gefühl haben, dass es ein schier unbegrenztes Angebot an möglichen Partnerinnen gibt und dass um die Ecke vielleicht schon eine viel tollere Frau wartet. Deshalb ist keiner mehr bereit, sich zu binden. Das ist wirklich schade." Dieser Gedanke machte mich wirklich traurig. „Gib nicht auf, Milla. Du wirst den Richtigen finden. Da bin ich mir ganz sicher." Ich war mir da mittlerweile nicht mehr so sicher.

Christophs Antwort kam irgendwann einige Stunden später. Er versicherte mir in seiner Nachricht, dass er wirklich keine Neue hatte.

Vierzehn

Ich habe nie versucht,

Erinnerungen aus der Vergangenheit

zu blockieren, obwohl manche davon schmerz-
haft sind.

Alles, was du durchlebst hilft dir, die Person

zu werden, die du heute bist.

Sophia Loren

HappyCouplesForever war Geschichte. Ich hatte endgültig die Nase voll und löschte vor Ablauf meiner Mitgliedschaft mein Profil. Irgendwie beunruhigte mich das Gefühl, gar nichts mehr in Richtung Partnersuche zu machen. Das wirkte so, als würde ich aufgeben. Meine Kollegin Sarah hatte alle möglichen kostenfreien Dating-Apps auf ihrem Handy und schrieb wild mit verschiedenen Männern. Sie hatte sich auch schon mit einigen getroffen, die nach ihrer

Aussage ganz nett waren. An einem Abend, als ich mit Steve etwas trinken war, habe ich mir eine dieser Apps mit dem Namen maloo installiert. Das Prinzip bei allen dieser Apps ist ähnlich. Man bekam Vorschläge von möglichen Partnern und konnte durch Wischen nach links oder rechts auf dem Handydisplay entscheiden, ob man sich mit ihnen treffen möchte. Ich fand die Vorstellung eigentlich nicht schön, nach Fotos entscheiden zu müssen, ob man sich mit jemandem treffen möchte oder nicht. Bei HappyCouplesForever gab es zwar ausführlichere Profile, aber ehrlicher waren diese dann trotzdem nicht. Mama sagte immer, „Papier ist geduldig." Tatsächlich waren die Männer, mit denen ich mich getroffen hatte meistens nicht, wie im Profil beschrieben. Das war also auch keine große Hilfe. Bisher hatte ich mit ein paar Männern geschrieben, hatte aber nicht das Bedürfnis, mich mit einem von ihnen zu treffen.

Marc hatte unserer Klasse aus einem mir nicht erklärlichen Grund versprochen, dass wir alle in der Schule übernachten würden. Wenn er unbedingt die

Folgen von Schlafentzug testen wollte, hätte ich ihm problemlos Ruby und Jagger für ein Wochenende ausleihen können. Beide waren absolute Frühaufsteher. Ich befürchtete Schlimmes und machte mich darauf gefasst, die ganze Nacht nicht ein Auge zuzutun. Ruby durfte mit übernachten und war Feuer und Flamme. Jagger hatte ich vorher zu meinen Eltern nach Düren verfrachtet.

„Bist du dir ganz sicher, dass du das wirklich willst?", fragte ich Marc hoffnungsvoll. „Wir können das noch immer absagen. Ich fühle mich auch schon ganz schlecht", scherzte ich. Das lag aber vermutlich eher daran, dass ich mir vorstellte eine ganze Nacht mit knapp dreißig Siebtklässlern in der Schule zu verbringen.

„Du willst auf eine romantische Nacht mit mir in der Schule verzichten." Marc tat gespielt dramatisch. „Wenn du zu allen deinen romantischen Dates dreißig Kinder einlädst, habe ich eine Vermutung, warum du noch Single bist." Ich musste lachen bei der Vorstellung daran, dass jemand ernsthaft zum ersten Date seine Klasse mitbrachte. Vor allem unsere, die verhaltensoriginelle Bande. Marc und ich sprachen, wenn wir über unsere Klasse redeten, immer von unseren Kindern. Unsere Klasse behauptete auch regelmäßig, wenn wir mit ihnen Ausflüge machten, dass wir ihre Eltern seien. Das führte zu ziemlich viel Verwirrung, wie Marc und ich es denn geschafft hatten so viele Kinder in ähnlichem Alter zu bekommen. Man konnte diesen Leuten dann förmlich ansehen, dass sie überlegten, ob sie uns nicht schon einmal bei einer Nachmittagsdoku auf irgendeinem Fernsehkanal gesehen hatten.

Wir richteten zuerst die Klassenräume schlafmäßig ein. Dafür legten wir Matten aus der Turnhalle als Matratzen auf den Boden. Marc machte sich sein Bettlager bei den Jungs und ich bei den Mädels. Wir hatten beschlossen an dem Abend zu grillen und hatten auch so weit alles vorbereitet. Marc schaute mich erwartungsvoll an. „Kannst du den Grill anmachen?" Meinte er die Frage ernst? Natürlich nicht. Ich hatte ihn fest fürs Grillen eingeplant. Grillen war Männern doch schon genetisch in die Wiege gelegt worden. Ich hatte mir eine klassische Rollenverteilung vorgestellt, bei der ich die Kinder hütete und Marc für das Essen sorgen würde. Obwohl grillen vermutlich der weniger stressfreie Job gewesen wäre, aber immerhin roch ich nachher nicht nach Rauch.

„Ich habe noch nie selber grillen müssen. Bisher war ich immer zum Grillen eingeladen worden und keiner hat von mir verlangt den Grill zu bewachen." Das war nicht sein Ernst. Wir mussten schließlich unsere Kinder versorgen. Glücklicherweise kamen zwei Kollegen vorbei, die wir mit gegrillten Leckereien angelockt hatten und auf Unterstützung mit der Rasselbande gehofft hatten. Hätten die Beiden gewusst, dass sie jetzt das Grillen übernehmen müssen, wären sie vielleicht nicht so bereitwillig gekommen, dachte ich schmunzelnd.

Nachdem wir gegessen und das Chaos beseitigt hatten, war der Plan gemeinsam einen Film zu schauen. Das hatten sich die Schüler vorher gewünscht und es war bestimmt eine Unterrichtsstunde dafür draufgegangen, bis wir endlich entschieden hatten, welchen Film wir schauen würden. Marc und ich hatten die ganze Videoausrüstung in die Mensa geschleppt, auf alle Tische Knabberzeug gestellt und es konnte losgehen. Die Hälfte der Schüler hatte nun doch keine Lust den Film zu schauen und die andere Hälfte quatschte aufgeregt miteinander. Nach kurzer Zeit brachen Marc und ich die Filmvorstellung ab. Wir hatten uns so schön ausgemalt, dass die Schüler während des Films müde werden würden und nach Filmende völlig schlaftrunken auf ihre Matten sinken würden. Wie naiv waren wir denn! Ruby war während der kurzen Filmvorführung auf meinem Schoß eingeschlafen und als ich sie in den ersten Stock hochgetragen und auf die Matte gelegt hatte, war sie wieder hellwach. Ein Traum und es wirkte nicht so, als würden die Siebtklässler in den nächsten paar Stunden müde werden. Ich hätte mich sofort schlafen legen können. Ein paar Mädels aus meiner Klasse blieben oben bei Ruby und lasen ihr Geschichten aus dem Deutschbuch vor oder erfanden eigene. Das war wirklich wahnsinnig süß. Die anderen Schüler schlugen vor, Verstecken im Schulgebäude zu spielen. Marc und ich hatten einige Bereiche ausgeschlossen, um die Aufsicht besser gewährleisten zu können. Dreißig Schüler rannten wild schreiend durch das Schulgebäude. Was für eine Reizüberflutung. Das wäre überhaupt nichts für Joshua gewesen. Gut, dass er sich dafür entschieden hatte, bei seinem Vater zu schlafen. Nur eine Schülerin bewegte sich nicht von der Steckdose weg. Samira wimmelte alle Aufforderungen, sich zu beteiligen mit den Worten ab, dass sie kaum noch Akku habe und versorgte die Außenwelt mit Informationen über unsere Übernachtung.

Als ich am nächsten Morgen aufwachte, hatte ich keine zwei Stunden geschlafen und fühlte mich wie gerädert. Marc und ich machten Frühstück für alle und ich konnte es kaum erwarten, bis es elf Uhr war und alle abgeholt wurden. Woher nahmen diese Kinder ihre Energie? Sie waren bis mitten in der Nacht im Gebäude herumgelaufen und selbst als sie auf den Matten lagen, hatten sie weiter miteinander gequatscht und gekichert. Gerade zogen sie sich auf den mitgebrachten Bettdecken durch die Eingangshalle. Durchhalten Milla, es war nicht mehr lange. Die ersten Eltern kamen und bedankten sich für die tolle Übernachtungsaktion und schon bald waren alle Schüler abgeholt oder hatten sich eigenständig auf den Weg nach Hause gemacht. Nur noch Samira saß noch neben der Steckdose auf dem Boden und tippte wild in ihr Handy. „Samira, du darfst jetzt auch nach Hause gehen." Ich versuchte ihre Aufmerksamkeit vom Handy auf mich zu richten. „Ich habe noch drei Minuten und ich bleibe bis zum Ende hier." Ein Blick auf meine Uhr bestätigte, dass es drei Minuten vor elf Uhr war. Die Jugend von heute. Ich musste schmunzeln. Obwohl sie die ganze Zeit an ihrem Handy verbracht hatte, schien es Samira Spaß gemacht zu haben.

Marc und ich packten die Sachen zusammen, räumten auf und machten uns auf den Weg nach Hause. Ich glaube ich war noch nie so müde in meinem Leben und hatte Mühe meine Augen offen zu halten. So konnte ich unmöglich nach Düren fahren, um Jagger abzuholen.

„Ruby und ich müssen einen kurzen Mittagsschlaf machen. Ich würde sonst auf der Fahrt einschlafen", erklärte ich meinem Vater flehend, in der wilden Hoffnung, dass Jagger noch etwas bleiben durfte.

„Du weißt Milla, morgen früh ist die Nacht vorbei." Das war schon wieder so eine typische Dürener Redensart. Ich versprach ihm, mich nur kurz hinzulegen und mich dann direkt auf den Weg nach Düren zu machen.

Ich schaute vor dem Schlafengehen auf mein Handy und sah zweiundzwanzig Nachrichten. Alle von den Siebtklässlern. Seit einem Ausflug, bei dem sie sich nach dem Museumsbesuch frei in der Stadt bewegen durften, hatten Sie meine und Marcs Handynummer, damit sie uns zur Not kontaktieren konnten. Alle Nachrichten hatten den gleichen Inhalt. Meine Schüler wollten mich davon überzeugen, die Übernachtungsaktion zu wiederholen und diesmal auf ein ganzes Wochenende auszudehnen. Einige schlugen sogar vor, eine ganze Woche in den Sommerferien in der Schule zu übernachten. Auf gar keinen Fall. Ich schrieb Marc eine Nachricht. „Wenn du unserer Klasse noch eine Übernachtung versprichst, rede ich kein Wort mehr mit dir." Marcs

Antwort kam prompt. „Zu spät. Halte dir mal die erste Sommerferienwoche frei." Das hatte er doch nicht ernsthaft vor. Marc war alles zuzutrauen. Bevor ich mir weiter Gedanken machen konnte, piepte mein Handy erneut. „Scherz. Du glaubst doch nicht ernsthaft, dass ich eine ganze Woche auf die Rasselbande aufpassen möchte. Ein wenig hänge ich schon an meiner Freizeit." Ich war mehr als erleichtert. Ich hing wirklich sehr an unserer Klasse, aber eine Woche ohne Schlaf ging gar nicht.

Fünfzehn

Starke Frauen kann man nicht

mit Reichtum beeindrucken...

Aber mit Ehrlichkeit,

Loyalität und Respekt

Ich wachte auf und fühlte mich nicht weniger gerädert. Es kam mir vor, als wäre ich gerade erst eingeschlafen. Ich angelte nach meinem Handy und wurde schlagartig wach. „Ruby aufstehen. Unser Mittagsschlaf ist völlig eskaliert", schrie ich entsetzt. Wir hatten über drei Stunden geschlafen. Mein Handy zeigte diverse Anrufe in Abwesenheit von meinem Vater an. Ich rief in direkt zurück. „Komm deinen Hund abholen. Der hat mir vier Würstchen direkt aus der Pfanne gefressen. Das ist ja ein ausgebuffter Köter. Ich war mit ihm im Garten und er hat gewartet, bis ich mich auf die Bank gesetzt hatte und ist dann wie von der Tarantel gestochen ins Haus

gelaufen und hat sich über die Würstchen herge-
macht. Hoffentlich hat er sich die Schnauze ver-
brannt." Letzteres meinte mein Vater nicht böse,
aber wenn es um Essen geht, kennen wir Madisons
keinen Spaß.

Als wir in Düren ankamen, war mein Vater schon
wieder etwas versöhnlicher und kraulte Jagger zum
Abschied.

Den Rest des Tages war ich völlig lethargisch
und freute mich auf mein Bett. Ruby war schon eingeschlafen, aber mir schwirrten noch zig Gedanken
im Kopf herum. Ich griff zu meinem Handy und öffnete maloo. Sofort fiel mir die Nachricht von Brad ins
Auge. Er hatte mir eine richtig süße Nachricht geschrieben. Ich antwortete und schaute mir sein Profil
an und verliebte mich sofort in sein Foto. Er hatte
wahnsinnig schöne Augen. Es war als würden sie
mich anlächeln. In Gedanken stellte ich mir vor, wie
es wäre ,wenn er jetzt hier wäre. Hallo!? Was ist
denn mit mir los. Ich sah, dass er online war und mir
gerade zurück schrieb und mein Herz raste. Hoffentlich schrieb er jetzt nicht, dass ich doch nicht sein

Typ war. Bei meinem Glück würde mich das nicht wundern. Als ich seine Nachricht las überschlug sich mein Herz fast und ich kam mir vor, wie ein verliebter Teenager. Ich kannte Brad doch gar nicht, aber was er sagte traf mich jedes Mal mitten ins Herz. Er schrieb so liebevoll und sagte so schöne Sachen. Brad hatte auch zwei Kinder in Rubys und Joshuas Alter und wie ich, hatte er nie geheiratet. Ich fragte ihn, weshalb er nie geheiratet hatte und er antwortete, „Ich habe nie geheiratet, weil auf die Richtige gewartet habe. Mir war immer klar, dass ich nur einmal heiraten würde und dann meine Mrs. Right." Meine Hände fingen an zu zittern, mein Herz raste so stark, dass ich dachte ich würde einen Herzinfarkt bekommen und mir liefen Tränen die Wangen herunter. Das war genau das, was ich immer antwortete, wenn mich jemand fragte, warum ich nie geheiratet hatte. Brad war mein Mr. Right. Wir hatten zwischenzeitlich unsere Handynummern ausgetauscht und Brad schickte mir einen Screenshot. Er hatte mich unter Milla Willis abgespeichert. Wir waren Seelenverwandte und er hatte genau den gleichen Gedanken wie ich. Unter dem Screenshot stand, „Milla Willis, das wird dein Name sein, meine Mrs. Right." Ich antwortete ihm, dass ich mir nichts mehr wünschen würde. Es war alles wie im Märchen, nur viel schöner und ohne böse Schwiegermutter. Also hoffte ich. Mich würde nichts und keiner davon abhalten, mit Brad glücklich zu werden. Es war so romantisch und es hätte nicht romantischer sein können, wenn wir uns beim Bäcker getroffen hätten. Ich war unbeschreiblich glücklich.

Als Marc am nächsten Morgen zu mir ins Auto stieg, guckte er mich eigenartig an. „Wieso grinst du wie so ein Honigkuchenpferd? Nimmst du Stimmungsaufheller?" Sehr witzig. Ich ignorierte seine Bemerkung. „Ich habe meinen Traummann kennengelernt." Marc schaute mich ungläubig an. „Sag bloß, du bist gestern noch ausgegangen?" Ich verzog mein Gesicht und gab ihm zu verstehen, dass das nach den Übernachtungsstrapazen wohl mehr als unwahrscheinlich war. „Er hat mir auf maloo geschrieben." Ich konnte sehen, dass Marc nicht so recht wusste, ob ich ihn auf den Arm nehmen wollte oder nicht. Nachdem ich ihm von Brad erzählt hatte,

sagte er grinsend, „Ich dachte du wolltest keine ge-
kaufte Liebe mehr." Ich strahlte über das ganze Gesicht. „Diese Liebe kostet mich keinen Cent." In Gedanken war ich die ganze Zeit bei Brad. Ständig
lächelte ich vor mich hin. Die Schüler würden bestimmt sofort merken, was los war.

Auf dem Weg zum Lehrerzimmer kamen uns
Ceyda und Alihan entgegen gelaufen und drückten
Marc und mir einen Zettel in die Hand.

Liebe Frau Madison,

*kommen Sie in der Mittagspause bitte zum
Raum neben der Schulküche.
Wir haben eine Überraschung für Sie.*

Ceyda, Ronda, Julia und Alihan

Eine Überraschung an der Ronda und Alihan beteiligt waren, machte mir etwas Angst. Was hatten
sie denn jetzt schon wieder vor. Marc schaute auf

meinen Zettel. „Okay, uns erwartet beide die gleiche Überraschung." Das klang nicht beruhigend. Bis zur Mittagspause liefen mir Ronda und Alihan mehrmals über den Weg und erinnerten mich, bloß nicht zu vergessen, rechtzeitig zu kommen. Dabei zwinkerten sie einander jedes Mal vielsagend zu. Hoffentlich erwartete mich nicht wieder ein Umstyling.

Nach der vierten Stunde gingen Marc und ich zur Küche. Ich hatte ein mulmiges Gefühl. Bei unseren Schüler wusste man nie, was einen erwartete. Alihan kam aus der Küche und schloss geheimnisvoll die Türe hinter sich. Er trug ein schwarzes Jackett, das ihm viel zu groß war. Alihan öffnete die Türe zum Nebenraum der Küche. In der Mitte des Raumes stand ein wunderschön gedeckter Tisch und zwei Kerzen brannten dort. Ronda, die eine Schürze trug wies uns an, uns gegenüber von einander hinzusetzen. Sie stupste Marc an und gab ihm eine Rose. „Hier, die müssen Sie Frau Madison geben. Ich habe mir schon gedacht, dass Sie nicht vorbereitet sind." Marc schaute Ronda erstaunt an. „Worauf soll ich vorbereitet sein? Ich wusste bis eben gar nicht, was ihr geplant habt." Verteidigung zwecklos. Ronda schaute ihn böse an. In ihrer Beziehung würde Ronda mal definitiv die Hosen anhaben. Soviel war sicher. Alihan kam an den Tisch und servierte uns Getränke. „Das Essen ist gleich fertig. Bitte gedulden Sie sich noch einen Moment." Dann verschwand er wieder. "Sie müssen Frau Madison verliebt anschauen, sonst wird das nie was. Alles muss man Ihnen sagen, Herr Frank. Was würden Sie nur ohne uns machen?" Rondas Tonfall ließ keine Diskussion zu, also schaute Marc mich gespielt verliebt an. „Wenn verliebt schauen bei dir so aussieht, wundert mich gar nichts", flüsterte ich Marc zu.

Alihan brachte unser Essen. Im Hauswirtschaftsunterricht mussten die Vier unsere Kollegin Sandra dazu überredet haben, alles vorbereiten zu dürfen. Vermutlich hatte Sie eine Verschwiegenheitsklausel unterschreiben müssen, denn sie hat nicht ein Wort über den Plan gesagt.

Es gab Nudeln Aioli mit Rukola Salat und Parmesankäse. Es sah wirklich sehr lecker aus. „Guten

Appetit." Julia, Ceyda, Ronda und Alihan standen neben dem Tisch und schauten uns erwartungsvoll an. Selbst wenn das ein richtiges Candle Light Dinner gewesen wäre, wäre mit der ständigen Beobachtung keine romantische Stimmung aufgekommen. Nach dem Essen verschwanden die Vier mit unseren leeren Tellern in der Schulküche. „Wenn du unseren Schülern von Brad erzählst, wirst du ganz schön viele Herzen brechen. Ich bin ja mal gespannt, wie du denen das beibringen willst. Dann können wir direkt eine schuleigene Seelsorge-Hotline aufmachen." Das war mir egal. Opfer mussten gebracht werden. Unsere Schüler würden das schon verstehen und darüber hinwegkommen. Es gab schließlich noch genug andere Kolleginnen, mit denen sie Marc verkuppeln konnten.

Kurz bevor der Nachmittagsunterricht begann, verabschiedete uns Ceyda mit den Worten, „Heute Abend noch Netflix und Chill und dann sollte es laufen, Herr Frank."

Den ganzen Tag über hatten Brad und ich uns geschrieben und mein Herz klopfte jedes Mal wie wild, wenn ich eine Nachricht von ihm las. Wir verabredeten uns zum Telefonieren. Ich zählte die Stunden und Minuten, bis es endlich soweit war. Dieses Mal hatte ich auch nicht das Gefühl, mir vorher eine Liste machen zu müssen, damit ich im Notfall Themen zur Hand hätte. Ich war so gespannt darauf, seine Stimme zu hören. Endlich rief Brad an. Er begrüßte mich mit den Worten, „Hallo Mrs. Willis." und wie automatisiert antwortete ich „Hallo Mr. Willis." Brad hatte eine wunderschöne, tiefe Stimme. Wir redeten über Gott und die Welt und hörten erst auf, als mein Akku mir signalisierte, dass er leer war. Ich hängte mein Handy ans Ladekabel und ich sah, dass wir zweieinhalb Stunden telefoniert hatten. Die Zeit war wie im Flug vergangen. Nächstes Wochenende würde ich ihn endlich sehen. Nur noch drei Tage und sieben Stunden. Ich griff zum Festnetztelefon und rief Louise an. „Nächstes Wochenende sehe ich Brad. Ich bin so aufgeregt." Louise freute sich wahnsinnig für mich. „Hast du nächstes Wochenende nicht die Kinder?" Das stimmte. Es war mein Wochenende und bisher hatte ich strikt vermieden, dass Ruby und Joshua irgendwen kennengelernt hatten, aber dieses Mal war es anders. Ohne Brad jemals gesehen zu haben, war ich mir sicher, dass er der Richtige war. „Wenn du magst, kann Ruby am Freitag bei uns übernachten, dann habt ihr erst einmal einen Abend für euch und könnt etwas unternehmen. Joshua ist ja schon groß." Das war eine super Idee. Mit vierzehn Jahren ist es wirklich kein Problem einmal ein paar Stunden alleine Zuhause zu bleiben. Für den Notfall hingen überall im Haus verteilt Louises Handy- und Festnetznummer, so dass Joshua dort anrufen konnte. „Wohnt Brad hier in der Nähe?" Naja, Nähe ist relativ. „Er wohnt in München." Ich hörte Louise am anderen Ende der Leitung seufzen. Vermutlich hatte sie genau wie ich, als ich hörte wo Brad wohnt, das Trauma mit Cem in Erinnerung. "Du weißt doch wie das damals mit Cem gelaufen ist. Hat Brad denn keine Probleme mit einer Fernbeziehung?" Diese Frage hatte ich ihm auch direkt gestellt, um sicher zu gehen, dass er sich der Entfernung bewusst war. „Ich bin froh, dass du nicht in Neuseeland wohnst. Dann könnten wir uns vermutlich nicht so oft sehen, aber das würde nichts daran ändern, dass ich mir sicher bin, dass ich für immer mit dir zusammen sein möchte." Seine Antwort hatte mich umgehauen und mir jegliche Angst genommen, dass er die Entfernung als Trennungsgrund nennen könnte. Ich war einfach nur glücklich, ihn endlich gefunden zu haben. Zwei Tage, nachdem wir uns das erste Mal geschrieben hatten, hat er mir gesagt, dass er seiner Mutter von mir erzählt hat. Ich hätte weinen können vor Glück. Meinen Eltern hatte ich auch direkt von Brad erzählt. Ich war mir zu hundert Prozent sicher, dass er derjenige ist, nachdem ich mein ganzes Leben lang gesucht hatte.

Die Zeit bis zu unserem Treffen zog sich wie Kaugummi in die Länge. In meinen Gedanken bin ich unsere erste Begegnung unzählige Male durchgegangen und hatte auch die Outfitfrage bereits geklärt. Dafür hatte ich stundenlang in meinem Kleiderschrank herumgewühlt. Je näher das Treffen kam, desto unsicherer wurde ich, ob Brad mich hübsch finden würde. Louises Antwort, „Hast du ne Macke. Klar bist du hübsch", hat mir nicht weitergeholfen, Steve konnte mir vermutlich auch keine klare

Antwort darauf geben, ob ich attraktiv bin, da er Männer attraktiver findet und meine Eltern waren nicht objektiv genug. Also fragte ich Marc. Der schaute mich verwundert an. „Was ist denn mit dir los?" Ich hatte große Angst, Brad könnte enttäuscht sein, wenn er mich sah. Wir hatten zwar Fotos ausgetauscht, aber manchmal wirkt man auf Fotos anders. Ich hasste es fotografiert zu werden und hatte deshalb immer den gleichen Gesichtsausdruck auf Fotos.

„Du siehst ganz passabel aus." Ob passabel Brad ausreichen würde. Er hatte mehr verdient, als nur jemandem mit passablem Aussehen. Marc schaute mich prüfend an und merkte, dass ich seine Bemerkung ernst genommen hatte. „Du siehst gut aus und hast eine bomben Figur. Die hattest du schon immer. Glaubst du, sonst hätte ich damals den ganzen Aufwand betrieben und wäre mit dir nach Domburg gefahren. Ich bin dafür mitten in der Nacht aufgestanden und habe den Picknick-Korb vorbereitet." Mein Gesichtsausdruck hellte sich langsam auf. „Du bist ganz schön oberflächlich. Eine gute Figur", äffte ich ihn nach. „Milla, du hast wunderschöne Augen und Lippen, die zum Küssen einladen." Prüfend schaute ich Marc an um festzustellen, ob er es wieder ironisch meinte. Nein, es gab keinen Hinweis auf Ironie. Im Gegenteil. Marc wirkte fast schon etwas beschämt nach seiner Aussage. „Für dich finden wir auch noch die Richtige", versuchte ich ihn aufzumuntern.

Jetzt war es nur noch eine Stunde, bis Brads Zug ankam. Es war ein sonniger, warmer Tag. Ich trug ein enges blauweißes Kleid und meine neuen silbernen Sandalen. Ich warf noch einen letzten Blick in den Spiegel und machte mich auf den Weg zum Bahnhof. Jetzt waren es noch zwanzig Minuten. Aus lauter Angst zu spät zu kommen, hatte ich großzügig kalkuliert. „Nicht mehr lange und ich kann dich endlich in meine Arme nehmen, Mrs Willis." Gott, war ich nervös. Ich konnte keinen klaren Gedanken fassen und meine Beine zitterten wie Espenlaub. Noch fünf Minuten.

Am Bahnsteig warteten viele Menschen. Ich stellte mich mittig hin, um Brad nicht zu verpassen. Der

Zug fuhr ein. Hatte Brad mich schon gesehen? Ich versuchte durch die Scheiben der Wagons zu schauen. Die Zugtüren öffneten sich und einige Leute stiegen aus. Mein Herz raste vor Aufregung. Ich versuchte Brad in der Menge ausfindig zu machen. Als ich mich umdrehte, sah ich ihn mit einem wunderschönen Blumenstrauß auf mich zukommen. Ich ging auf ihn zu. Brad nahm mich in seine Arme und küsste mich. Ich vergaß die Welt um mich herum und war nur noch glücklich. Nie wieder wollte ich ihn loslassen. Es gab nur noch uns. Ich war endlich angekommen. Wir gingen Hand in Hand zum Auto und schauten uns zwischendurch immer wieder in die Augen und jedes Mal stockte mir der Atem. Es war als würden wir uns schon eine Ewigkeit kennen. Ich genoss seine Berührungen und liebte es mich mit ihm zu unterhalten.

Ruby hatte Brad von Anfang an ins Herz geschlossen. Sie nahm ihn zur Begrüßung in den Arm und suchte die ganze Zeit seine Nähe. Brad beschäftigte sich liebevoll mit ihr. Als ich die Beiden beim Spielen beobachtete, hätte ich weinen können vor Glück. Dass sich jemand so mit ihr beschäftigte, kannte Ruby nicht. Mein Ex war da komplett anders und obwohl er der Vater von Ruby und Joshua war, hatte er nicht so eine innige Beziehung zu ihnen. Nicht, dass er sie nicht beide liebte, aber er war weit weniger herzlich im Kontakt mit ihnen als Brad. Manchmal hatte ich früher auch das Gefühl, dass wir ihm lästig waren, insbesondere dann, wenn er auf der Arbeit viel Stress hatte. Joshua fiel der Kontakt zu anderen Personen durch den Autismus eher schwer. Trotzdem merkte ich, dass auch er Brads Nähe suchte, aber auf eine andere Art als Ruby.

Am späten Nachmittag hatten wir geplant nach Düren zu fahren, um meine Familie zu besuchen. „Hoffentlich willst du dich nicht sofort von mir trennen, wenn du meine Familie kennengelernt hast." Ich machte mir ernsthafte Sorgen. Meine Familie war speziell, herzlich aber schroff. Mein Vater würde bestimmt unpassende Fragen stellen und Brad mit Dürener Spezialitäten vollstopfen und wenn ich es nicht verhindern konnte, würde meine Mutter ihm Kinderbilder von mir zeigen. Ich bekam bei dem Gedanken daran spontan Schweißausbrüche. „Ich werde deine Familie mögen. Mach dir keine Gedanken. Hoffentlich mögen sie mich auch." Daran hatte ich keinen Zweifel. Wie konnte man Brad nicht mögen? Ich schaute ihn von der Seite an und musste lächeln. Ich war bis über beide Ohren verliebt.

Als wir in Düren ankamen, saßen nicht nur meine Eltern, Tim und seine Freundin Emma, sondern auch noch unsere Nachbarn, Hilde und Horst in unserem Hof. Noch mehr Leute, die unpassende Fragen stellen konnten. Was hatte ich nur getan? Wie konnte ich Brad das antun? Ich hätte ihn besser auf das, was ihn dort erwartete, vorbereiten müssen. Tim und Emma wohnten in einem Haus auf dem gleichen Grundstück wie meine Eltern. Alle begrüßten Brad herzlich, mein Vater forderte Horst auf einen Stuhl weiter zu rutschen, damit Brad neben ihm sitzen konnte. Ruhig bleiben Milla, alles wird gut. Mein Vater stellte Brad ein Bier hin und alle stießen an. Ich sah die Flasche Lottebov auf dem Tisch stehen und ich ahnte Böses. Lottebov ist das Dürener Universalmittel. Es ist ein Kräuterlikör, den meine

Eltern schon zum Desinfizieren beutzt hatten, als Magenreiniger nach einem ausgedehnten Essen und natürlich als Medizin. Wenn ich über Halsschmerzen oder Husten klagte, bekam ich einen Lottebov zum Desinfizieren und Abtöten der Bakterien. Ich hatte den Gedanken kaum zu Ende gedacht, da sagte mein Vater zu meinem Bruder, „Tim, gehst du mal bitte kleine Gläser drinnen holen. Es ist Zeit Brad Lottebov probieren zu lassen." Genau, wir waren ja immerhin schon fünf Minuten da. Bestimmt würde mein Vater die Geschichte zu Lottebov erzählen, als Begründung, weshalb man diesen unbedingt austrinken musste. „Dieser Kräuterschnaps wird von Patern in der Eifel hergestellt. Die Pater haben ein Schweigegelübte abgelegt und kriechen den ganzen Tag auf allen Vieren über die Wiese und suchen die besten Kräuter für den Schnaps heraus." Ich hatte es befürchtet. Da war die Geschichte. Brad hörte interessiert zu und musste lachen. Mein Vater klopfte Brad auf die Schulter. „So, jetzt führen wir dich erst einmal herum." Mein Vater, Tim, Brad und ich gingen in den Garten. „Was ist denn das für ein Holzhaus?" Brad deutete auf das Pfahlhaus hin, das mein Vater damals als Tim klein war, für ihn gebaut hatte. „Das ist Tims Baumhaus. Ich habe für alle meine Kinder ein Baumhaus gebaut." Ich schaute meinen Vater gespielt böse von der Seite an und er fügte hinzu, „Außer für Milla." Ich musste lachen. „Wie viele Kinder hast du denn, Papa?" Außer meinem Bruder und mir keins von dem ich wusste. Ich hatte jedenfalls kein Baumhaus von meinem Vater bekommen. „Milla hat mir damals mit ihrem Baumhaus den Apfelbaum kaputt gemacht, weil sie so viele Nägel in den Baum gehämmert hat." Ich verteidigte mich. „Mein Baumhaus bestand aus einem alten Autoreifen, den ich im Schweiße meines Angesichts den Apfelbaum hochgeschleppt habe und die Nägel habe ich als Tritte in den Baum gehauen, weil ich keine Leiter hatte." Mein Vater grinste mich an und zog eine Grimasse. Als wir zu den Anderen zurück gingen, wurden meine schlimmsten Befürchtungen wahr. Meine Mutter hatte in der Zwischenzeit alte Kinderbilder von mir heraus gekramt und zeigte sie Brad, während mein Vater ihm immer wieder Stücke des getrockneten Schinkens in den Mund schob. „Du musst doch was essen", war seine Begründung.

Auf der Rückfahrt sagte ich zu Brad, „Ich kann es verstehen, wenn du dich jetzt von mir trennen willst. Wir Madisons sind irgendwie anders als andere Familien." Ich schaute ihn entschuldigend an. Brad küsste mich. „Ich liebe deine Familie. Ich bin noch nie so herzlich irgendwo aufgenommen worden."

sechzehn

Vielleicht brauchen

starke Frauen

die stärkere Zuwendung,

weil sie – auch wenn sie es

nie zugeben- es leid sind,

alles alleine zu regeln.

Unbekannt

Die Zeit verflog und Brad und ich waren bereits sechs Monate zusammen. Ich war gerade auf der Rückfahrt von München und musste an unsere bisherige schöne gemeinsame Zeit denken.

Ich hatte seine Mutter und ihren Lebensgefährten kennengelernt und ich hatte mich sofort wohl bei ihnen gefühlt. Brads Mutter war in meinen Augen eine absolute Heldin. Sie hatte Brad alleine großgezogen und einen so großartigen Mann aus ihm gemacht. Mir fiel der Spruch ein „Männer, die Frauen wie eine Prinzessin behandeln, wurden von einer Königin erzogen." Das passte auf Brads Mutter. Sie war eine wahnsinnig herzliche Person. Ihr Lebensgefährte war genauso herzlich. Beide hatten mich mit offenen Armen aufgenommen. Brads Kinder waren für mich wie meine eigenen.

Mit Brad konnte ich über alles reden und auch mal schweigen, ohne das Gefühl zu haben, die Stille als unangenehm zu empfinden und mit Worten füllen zu müssen. Mit Louise, Marc und Steve hatten wir zwischendurch etwas unternommen und alle drei mochten Brad sehr.

Als ich in Düren ankam, um Jagger nach seinem Oma- und Opawochenende dort abzuholen, öffneten Emma und Tim die Türe und Emma streckte mir ihre Hand entgegen. Ich sah den Ring an ihrem Ringfinger. Mir stockte der Atem. Emma und Tim waren nun schon eine Weile zusammen und Emma hatte mir mehrmals erzählt, dass sie gerne heiraten würde. Dennoch traf es mich völlig unvorbereitet. Wie immer in solchen Situationen, versuchte ich meinen Schock mit Scherzen zu überspielen. „Oh, wie schön, ihr habt euch Freundschaftsringe gekauft." Emma erzählte mir, wie Tim sie gefragt hatte und dass das Ultimatum für den Heiratsantrag nächste Woche ausgelaufen wäre. Ich fühlte mich wie in Trance. Was für ein Ultimatum? Sollte ein Heiratsantrag nicht aus freien Stücken gemacht werden. Hatte sie Tim unter Druck gesetzt oder war das nur ein Scherz. Ich gratulierte den Beiden, ging zu meinen Eltern, um Jagger abzuholen und weinte die ganze Rückfahrt nach Köln bitterlich. Tim war zehn Jahre jünger als ich. Ich war immer davon ausgegangen, dass ich als Erste heiraten würde. Jetzt würden mich alle für noch viel merkwürdiger halten, weil ich es nicht geschafft hatte, jemanden zu finden, der mich heiratete. Ich war die Chaotin, die Kinder und einen Job hatte. Schon immer war ich anders als der Rest meiner Familie. Ich war die einzige die studiert hatte, war aus Düren weggezogen und hatte in den Sommerferien ein Buch geschrieben und veröffentlicht. Am Tag von Emmas und Tims Hochzeit würden mich bestimmt alle mitleidig anschauen und beim Brautstrauß fangen würde ich in die erste Reihe geschubst werden, damit ich überhaupt die Chance hatte, irgendwann einmal geheiratet zu werden. Vielleicht war ich nicht so, wie es alle von mir erwartet hatten. Wünschten sich nicht alle Eltern, dass ihre Kinder heirateten und jemanden finden, der sich zu ihnen bekennt oder hatte sich das geändert. Mir fiel wieder ein, was mein Opa zu mir gesagt hatte, als er erfuhr, dass ich mit Ruby schwanger war. „Wie konnte das denn schon wieder passieren?" Ich war damals kurz vor der Beendigung meines Studiums. Für meinen Opa war ich eine unverheiratete Frau, die keinen Abschluss hatte und mit dem zweiten Kind schwanger war. Ich weiß, dass mein Opa mich sehr lieb hatte, aber dieser Spruch war vielleicht der Auslöser dafür, dass ich den innigen Wunsch hatte, zu heiraten. Mein Opa war leider drei Wochen vor meinem Studienabschluss gestorben und hatte nicht mehr mitbekommen, dass ich zumindest beruflich meinen Weg ging. Bei dem Gedanken daran fing ich wieder bitterlich an zu weinen. Ich kam mir vor wie eine Versagerin. Ich war so glücklich mit Brad und ich verstand nicht, weshalb dieses Hochzeitsding so wichtig für mich war. Wieso interessierte es mich so sehr, was Andere dachten? Vermutlich brauchte ich eine Therapie, damit mir jemand sagte, dass ich ganz normal war...also für eine Madison.

Zu Hause angekommen rief ich als erstes Louise an und schluchzte ins Telefon, „Mein kleiner Bruder heiratet." Louise, die auch alleinerziehend und unverheiratet war, konnte mich zumindest halbwegs verstehen. „Sag deinem Bruder, dass er mich auch einladen soll. Wir sind schließlich Facebook-Freunde. Wir stehen das zusammen durch." Ich seufzte. „Bestimmt schauen mich wieder alle auffordernd an, wenn der Brautstrauß geworfen wird. Wenn man Ende dreißig ist, ist das peinlich. Ich kann das nicht." Louise schwieg, dann sagte sie, „Nimm dir morgen Vormittag nichts vor. Ich werde dich therapieren." Louises Therapie kannte ich. Sie würde vermutlich eine Flasche Prosecco und Kopfschmerzen am nächsten Tag beinhalten.

Das Telefon klingelte. Es war mein Vater. Ich musste mich zusammenreißen, damit er nicht mitbekam, wie traurig ich war. „Ich wollte nur fragen, ob es dir gut geht. Du wirktest gerade irgendwie traurig." Tief durchatmen. „Mir geht es gut", schluchzte ich in den Hörer. Das hatte ja super funktioniert. „Papa, findest du mich komisch?" „Ja, aber das warst du schon immer." Nicht witzig. „Was ist denn los, Milla? Ist es wegen Brad?" Mein Vater war völlig auf der falschen Spur. „Nein. Wie kommst du denn darauf? Ich bin wahnsinnig glücklich und liebe Brad über alles. Es ist nur...," meine Stimme stockte. „Ich müsste doch zuerst heiraten. Tim ist so viel jünger als ich. Alle werden mich für eine Versagerin halten." Mein Vater versuchte mich zu beruhigen und versicherte mir mehrmals, dass er wahnsinnig stolz auf mich wäre und dass ich nicht unbedingt heiraten müsse.

Ich musste dringend dieses Trauma ablegen und mir von jemand Professionellem sagen lassen, dass ich keine Versagerin war. Brad durfte auf keinen Fall mitbekommen, wie sehr mich die Sache mitnahm. Wahrscheinlich hielt er mich dann für völlig durchgeknallt und würde sich zur Hochzeit gedrängt fühlen und von mir trennen. Ich bekam Panik. Das durfte auf keinen Fall passieren. Ein Leben ohne Brad konnte ich mir nicht mehr vorstellen.

Ich nahm meinen Laptop und gab Psychologen in Köln ein. Bei einer Psychologin konnte man online Termine machen und sie hatte morgen Nachmittag um zwei Uhr noch einen Termin frei. Sehr gut. Ich würde dieses Trauma direkt in Angriff nehmen und nach der Sitzung morgen wäre ich ein für allemal mit dem Thema heiraten durch.

Siebzehn

An alle Frauen, die denken

sie sind nicht schön, weil

sie nicht Größe 34 tragen:

„Ihr seid schön"

Es ist die Gesellschaft,

die nicht schön ist!!

Marylin Monroe

Um Punkt elf Uhr stand Louise vor meiner Türe. Sie hatte einen Kleiderbügel und etwas in einer Kleiderhülle in der Hand. „Zieh das an", sagte sie in einem Befehlston. Sie entfernte die Kleiderhülle und ein Hochzeitskleid kam zum Vorschein. Ich schaute sie mit großen Augen an. „Woher hast du das denn?" Sie drängte mich in Richtung Badezimmer. „Eine Bekannte hat vor kurzem geheiratet. Ich habe es mir ausgeliehen. Du trägst doch Größe 36, oder?" Ich verstand nicht, was Louise vor hatte, aber ihr Tonfall ließ keine Fragen zu, also zog ich das Kleid an. Es passte wie angegossen. Louise steckte mir die Haare hoch und befestigte Blumen in meinem Haar. Als wir ins Auto einstiegen, gab sie mir einen Strauß Blumen. „Wo hast die die denn her?". Louise startete den Motor. „Die habe ich aus dem Vorgarten meiner Nachbarin." „Hast du wenigstens vorher gefragt, ob du dir welche nehmen darfst?" Louise schaute mich an und grinste. „Hätte ich, wenn sie da gewesen wäre." Ich hatte keine Ahnung, was Louise vor hatte. „Wohin fahren wir?" „Lass dich überraschen. Wenn du wieder zu Hause bist, hat sich dein Hochzeitstrauma erledigt und du bist geheilt." Bisher fühlte sich das alles noch nicht wirklich nach Heilung an. Ich war eine Fake-Braut in einem geliehenen Kleid und mit einem geklauten Blumenstrauß.

„Ich habe um zwei Uhr einen Termin bei einer Psychologin. Wir müssen auf jeden Fall vorher noch einmal zu mir, damit ich mich umziehen kann." Louise bestätigte mir, dass das kein Problem sei und wir fuhren aus Köln heraus. Nach einer Weile fing es im Auto komisch an zu riechen. „Riechst du das auch, Louise?" Louise schnüffelte. „Das kommt bestimmt von draußen." Ein paar Minuten später kam Rauch aus Louises Motorhaube. Der war zwar draußen, aber definitiv von Louises Auto. Der Wagen ruckelte und blieb stehen. Panik stieg in mir auf. Wir stiegen aus und inspizierten das Auto. Als Louise die Motorhaube öffnete, kamen uns gewaltige Rauchschwaden entgegen. „Oh nein. Dann war das bestimmt die Motorleuchte, die die ganze Zeit geblinkt hat", seufzte Louise. Wir zogen die Warnwesten an und stellten uns hinter die Absperrung. Louise rief den Abschleppdienst an.

„Die brauchen circa eineinhalb Stunden." Ich rechnete. Das könnte knapp werden. Ich konnte unmöglich im Hochzeitskleid zur Psychologin gehen. Wir warteten eine gefühlte Ewigkeit. Einige vorbeifahrende Autos hielten an und fragten, ob sie uns helfen könnten. Mich schauten sie dabei immer mitleidig an. Nie hätte ich gedacht, dass man sich in einem Brautkleid so schlecht fühlen konnte. Nach zwei Stunden kam endlich der Abschleppdienst. Jetzt war es leider zu spät, um mich zu Hause noch einmal umzuziehen. „Wohin sollen wir Sie bringen?", fragte der Mann vom Abschleppdienst. „Zu Frau Dr. Bergmann in der Breischeidterstr. 105." Der Mann schaute uns ungläubig an, aber einer Frau im Brautkleid und einer vom Motoröl verschmierten Frau widerspricht man nicht.

Um zwei Minuten von zwei kamen wir an der Praxis an. Ich meldete mich an und wir wurden noch kurz ins Wartezimmer gebeten. Die anderen Patienten schauten uns teils belustigt, teils verständnislos an und tuschelten miteinander. Ich fühlte mich unwohl, aber das würde sich gleich nach dem Gespräch ändern. Dann gehörte mein Hochzeitstrauma der Vergangenheit an. Ich wurde aufgerufen und ging ins Behandlungszimmer. Für Frau Dr. Bergmann stand vermutlich mit dem Zeitpunkt, in dem ich in den Raum trat fest, dass ich völlig durchgeknallt sein musste. Sie war jedoch professionell und ließ sich nichts anmerken. Sie bat mich auf dem

Sofa Platz zu nehmen. Was für ein Klischee. Frau Dr. Bergmann hatte tatsächlich ein Sofa. Der Raum war hell eingerichtet und machte einen warmen Eindruck. An den Wänden hingen Landschaftsbilder. An der einen Wand befand sich ein großes Regal voller Bücher. Frau Dr. Bergmann war eine belesene Frau und wenn sie mir nicht helfen konnte, konnte das vermutlich niemand. Zuversichtlich machte ich es mir auf dem Sofa bequem. „Wie kann ich Ihnen weiterhelfen? Was ist ihr Problem?", fragte Frau Dr. Bergmann freundlich. „Ich heiße Milla Madison und habe ein Hochzeitstrauma. Mein kleiner Bruder heiratet vor mir und ich glaube ich bin eine Versagerin." Frau Dr. Bergmann musterte mich von oben bis unten. Ich konnte es ihr nicht verübeln, denn vor ihr saß eine mittlerweile ziemlich zerzauste Braut auf der Behandlungscouch. Ich klammerte mich vor Aufregung noch immer an meinem Blumenstrauß fest. Die Blumen ließen langsam ihre Köpfe hängen. So wie Frau Dr. Bergmann mich anschaute gab es keinen Zweifel, sie hielt mich für total durch geknallt. Sie war Psychologin, das musste doch ihr Tagesgeschäft sein. Es gab bestimmt viel verrücktere Patienten als mich. Ich hatte immerhin einen akademischen Abschluss.

Nach langem Schweigen gab sie mir freundlich zu verstehen, dass ich vermutlich eine stationäre Therapie brauchte. Alles nur wegen Louise und diesem blöden Brautkleid. Ich war nicht verrückt - nur verunsichert und mittlerweile sauer, weil ich hier anscheinend nicht ernst genommen wurde.

„Ich gehe erst, wenn Sie mir schriftlich geben, dass ich keine Versagerin bin, nur weil ich noch nicht verheiratet bin, aber mein kleiner Bruder bald schon." Ich weiß nicht, ob ich Frau Bergmann Angst mit meiner offensiven Art gemacht hatte oder ob sie mich einfach schnell loswerden wollte, aber nach fünf Minuten verließ ich das Behandlungszimmer mit meiner Diagnose. Ich ging auf Louise zu und wedelte stolz mit dem Schriftstück. Louise nahm mir den Zettel ab und las ihn durch.

Psychologin Frau Dr Bergmann

Breischeidterstr. 105

60771 Köln

07. April 2018

Diagnose

Hiermit bestätige ich, dass meine Patientin

Frau Milla Madison „normal" und keine Versagerin ist, nur

weil ihr jüngerer Bruder vor ihr heiratet.

Eine stationäre Behandlung wird empfohlen.

Mit freundlichen Grüßen,

Frau Dr. Bergmann

„Siehst du, ich bin keine Versagerin." Triumphierend gingen wir zum Ausgang „Aber warum hat Sie „normal" in Anführungszeichen gesetzt?" Ich fühlte mich befreit und noch befreiter, als ich zu Hause das Brautkleid wieder ausziehen konnte. Ich hatte es schwarz auf weiß und jetzt konnte ich mit der Sache abschließen, mich seelisch und moralisch auf die Hochzeit meines Bruders vorbereiten und Brad hatte von der ganzen Sache nichts mitbekommen und würde sich nicht trennen. Alles würde gut werden.

Am nächsten Morgen schickte mir Louise ein Foto. Ich schaute mir das Foto an und bekam den Schock meines Lebens. Auf dem Foto war ich im Hochzeitskleid zu sehen, als ich in die Praxis von Frau Dr. Bergmann ging. Man konnte am unteren Rand des Bildes noch die Türe des Abschleppwagens sehen. Unter dem Bild stand geschrieben, „Hat da jemand kalte Füße bekommen?" Er wusste doch gar nicht worum es ging. Kalte Füße, so ein Mist. Mich hatte ja noch nicht einmal jemand gefragt. Dieser Mistkerl hatte mich fotografiert und das Foto ins Internet gestellt. Ich bekam Schweißausbrüche. Bestimmt würde Brad das Bild auch sehen. Andererseits war das Internet groß und vielleicht bekam er gar nichts davon mit.

Ich bekam eine Nachricht von Marc. Er hatte mir das Foto aus dem Internet geschickt und dazu geschrieben, „Habe ich da etwas nicht mitbekommen?" Dahinter hat er einen Lachsmiley gesetzt. Sehr witzig. Einige Kollegen, die das Bild gesehen hatten, schrieben mich ebenfalls an. Meine Eltern hatten versucht mich anzurufen und wollten wissen, ob es mir gut ging. Eine neue Nachricht kam. Hörte das denn gar nicht mehr auf. Es war Karneval und ich hatte ein paar Tage frei, aber mussten die anderen Menschen denn nicht arbeiten? Ich öffnete die Nachricht. Sie war von Brad. „Geht es dir gut mein Schatz?"

Oh nein! Er hatte das Bild bestimmt gesehen. Vermutlich hatte es die ganze Welt gesehen. Ich fühlte mich völlig reizüberflutet und legte den Kopf auf den Tisch. Jetzt wusste ich auch, woher Joshua das hatte. Nicht ich war komisch. Die Gesellschaft machte mich und alle anderen unverheirateten Frauen dazu. Ich würde mich nie in Frage stellen, wenn ich nicht das Gefühl hätte, dass die Gesellschaft von mir etwas anderes erwartete. Ich griff nach meinem Laptop und begann zu schreiben.

Mein Name ist Milla Madison. Ich bin neununddreißig Jahre alt, unverheiratet und habe zwei Kinder. Momentan kursiert ein Bild von mir in einem Hochzeitskleid vor der Praxis einer Psychologin durch das Internet. Bevor Sie vorschnell urteilen, möchte ich Sie bitten mir zuzuhören und sich dann ein Bild von der Situation zu machen.

Als ich hörte, dass mein zehn Jahre jüngerer Bruder heiratet, bin ich in Panik geraten. Ich habe mich als Versagerin gefühlt, da ich zwar beruflich erfolgreich bin, aber den Eindruck hatte, nicht dem Gesellschaftsideal zu entsprechen.

Müssen Frauen auch heute noch verheiratet sein, um gesellschaftlich anerkannt zu werden oder sind das überholte Frauenbilder, die in unseren Köpfen verankert sind?

Eine Frau muss heute nicht nur kochen können und die Kinder erziehen, sondern auch einer beruflichen Tätigkeit nachgehen.

Als unverheiratete Frau hat man trotz einer beruflichen Karriere das Gefühl zu versagen, obwohl man es schafft sich schier zu zerreißen, um gleichzeitig eine gute Mutter, Köchin und erfolgreiche Berufstätige zu sein.

Vielleicht befindet sich meine Generation in einem Übergang und vielleicht verlangt in zehn Jahren keiner mehr, dass man ab einem bestimmten Alter verheiratet sein muss, um akzeptiert zu werden.

Ich habe mich mit dem Thema auseinandergesetzt und mir Hilfe geholt, um meine Gefühle besser einordnen zu können und wieder die selbstsichere Person zu werden, die ich eigentlich bin.

Ist es nicht eine Form von Stärke, wenn man sich mit seinen Schwächen auseinandersetzt?

Für diejenigen unter euch, die noch immer Zweifel daran haben, dass ich nicht komplett verrückt und eine Versagerin bin, ich habe ein Attest.

Ich las mir meinen Text noch einmal durch und stellte ihn in alle Netzwerke ein. Dann atmete ich tief durch und schickte Brad sowohl das Bild von mir im Hochzeitskleid als auch den Text. Unten drunter schrieb ich, „Bitte verlass mich nicht!"

Im Minutentakt kontrollierte ich, ob Brad meine Nachrichten schon gelesen hatte. Er würde sich bestimmt von mir trennen. Objektiv betrachtet hätte er vermutlich auch jeden Grund dazu. Die Tränen kullerten mir die Wangen hinunter. Wie konnte es nur so weit kommen? Ich hatte doch alles unter Kontrolle und mein Trauma war keins mehr. Jetzt war es wieder zu einem geworden. Ich schaute erneut in meine Nachrichten. In diesem Moment sah ich, dass Brad meine Nachrichten gelesen hatte. Das wars. In zwei Minuten wäre ich wieder Single und das ganze Drama würde von vorne beginnen. Ich wollte Brad nicht verlieren. Er war doch der Mann, mit dem ich den Rest meines Lebens verbringen wollte. Das Piepen meines Handys riss mich aus meinen Gedanken. Brad hatte mir geantwortet.

„Dein Text hat mich sehr berührt. Du bist weder verrückt und auf gar keinen Fall eine Versagerin. Ich bewundere dich jeden Tag dafür, wie du deinen Alltag meisterst und trotzdem immer lächelst und mit deiner Begeisterung andere ansteckst."„

Er schrieb gerade an der nächsten Nachricht. Okay, er fand mich nicht verrückt und in seinen Augen war ich keine Versagerin. Das war doch eigentlich schon einmal ein gutes Zeichen. Bitte, bitte mach nicht Schluss mit mir.

„Natürlich mache ich nicht Schluss mit dir. Ich liebe dich mein Schatz."

Mir fiel ein riesen Stein vom Herzen. Ich war nicht wieder Single. Er schrieb noch immer.

Er schickte mir das Foto von mir im Hochzeitskleid und kommentierte,

„Das war doch bestimmt Louises Idee." (-:

Mist, er hatte das Foto tatsächlich gesehen. Anscheinend gab es niemanden, der es nicht gesehen hatte.

Louise rief an. „Bist du böse auf mich? Ich glaube das mit dem Hochzeitskleid war keine so gute Idee..." Ich musste lachen. Das war definitiv eine saublöde Idee. „Natürlich bin ich nicht böse auf dich. Ich weiß, dass du es gut gemeint hast." Louise war hörbar erleichtert. „Ich verspreche dir hiermit hoch und heilig, dass ich dich nie wieder in ein Hochzeitskleid zwingen werde, außer du willst es." Damit konnte ich leben.

Achtzehn

Ich bin wie ich bin.

Die einen kennen mich,

die anderen können mich.

Konrad Adenauer.

Brad war super süß mit der Situation umgegangen. Als wir uns das nächste Mal gesehen haben, hat er mich in den Arm genommen, geküsst und mir gesagt, dass ich aufhören solle mir Gedanken zu machen, was andere über mich denken. Für ihn war ich die tollste Frau und zwar genau so, wie ich war mit allen Ecken und Kanten oder gerade deshalb.

Die Nachrichten wegen des Bildes im Internet von mir wurden weniger. Ronda hatte es im Internet gesehen und geteilt, so dass die ganze Schule Bescheid wusste. Sie machten sich ernsthaft Sorgen um mich. Ronda kam direkt am Tag nach der Veröffentlichung des Bildes zu mir. „Frau Madison, Sie sehen so traurig auf dem Bild aus. Ich nehme es Ihnen nicht übel, dass Sie uns nicht zu Ihrer Hochzeit eingeladen haben. Wenn Herr Frank irgend etwas damit zu tun haben sollte, sagen Sie mir Bescheid. Ich habe drei große Brüder." Sie zwinkerte mir zu. Es kostete mich eine Menge Überzeugungsgeschick, bis ich Ronda davon überzeugt hatte, dass Marc unschuldig war und nichts mit der Sache zu tun hatte.

Mit der Hochzeit meines Bruders hatte ich mich abgefunden und freute mich für ihn und Emma. Sie passten wirklich gut zusammen. Nachdem Tim mir mehrmals versichert hatte, dass er wirklich aus freien Stücken heiratete und nicht gezwungen wurde, hörte ich auf mir Gedanken zu machen.

Am Tag von Emmas und Tims Hochzeit schien die Sonne. Es sollte eine freie Trauung auf einer Burg werden. Ich hatte mir für diesen Tag extra ein neues Kleid gekauft. Ruby war Blumenmädchen und trug ein rosè-farbenes Tüllkleid und lief stolz mit ihrem Korb voller Blütenblätter herum. Sie sah unglaublich süß aus. Joshua hatte ich zur Feier des

Tages überreden können ein Jackett zu tragen. Louise hatte tatsächlich eine Antwort auf ihre Freundschaftsanfrage bekommen und da sie meinen Bruder schon seit langem kannte, hatte er sie auch eingeladen. Ich konnte Louise nur mit Mühe und Not davon überzeugen, dass Bodypainting kein angemessenes Hochzeitsoutfit war. „Mal schauen, ob ich deinen Bruder nicht doch noch umstimmen kann", scherzte sie. Louise fand Tim schon immer sympathisch und hatte mehrmals betont, dass wenn er nur fünf Jahre älter wäre, dann würde sie alles geben, um sein Herz zu erobern. Den heutigen Tag sah sie wohl als letzte Chance, ihn noch umzustimmen.

Brad konnte sich glücklicherweise frei nehmen und war schon gestern nach Köln gekommen. Er sah wahnsinnig gut in seinem Anzug aus. Immer wieder schaute ich ihn von der Seite an. Gott, war ich verliebt. Ich war so froh, dass er heute bei mir war.

Wir gingen in die Burg hinein und nahmen im Trauungssaal Platz. Gleich würde es losgehen. Ich war völlig nervös. Mein kleiner Bruder war gleich ein verheirateter Mann. Tim saß bereits vorne. Er drehte sich um und zwinkerte mir zu und ich zwinkerte aufmunternd zurück. Natürlich hatte er – wie auch der Rest der Welt – mein Foto im Internet gesehen. Ich hatte ihn daraufhin angerufen, um ihm zu erklären, dass mein Trauma nichts mit ihm und Emma zu tun hatte, also nicht direkt. Ich hoffe er hat verstanden, was ich sagen wollte. Das Letzte was ich wollte war, dass mein Bruder glaubte, dass ich ihm sein Glück nicht gönne.

Die Musik fing an und Emma wurde von ihrem Vater zum Altar geführt. Brad nahm meine Hand und hielt sie ganz fest in seiner. Alles war gut, ich atmete tief und regelmäßig. So schlimm war es gar nicht. Als der Standesbeamte darüber sprach, wie Tim und Emma sich kennengelernt hatten und sie bat, das Ehegelübte auszutauschen, kamen mir die Tränen. Dieses Mal weinte ich nicht deswegen, weil ich nicht die Braut war, sondern weil ich mich für die Beiden freute.

Ruby machte ihren Blumenmädchen-Job hervorragend, obwohl ich ihr hätte sagen sollen, dass sie die Rosenblätter weniger energisch schmeißen sollte und nicht direkt auf andere Personen. Das nächste Mal vielleicht.

Nach der Trauung gingen wir in den mit Blumen dekorierten Burgvorhof. Dort standen Tische und Stühle und Kellner gingen mit Sekt zum Anstoßen herum. Es war traumhaft. Was für ein Glück die Beiden mit dem Wetter hatten.

Emma rief alle unverheirateten Frauen auf, sich aufzustellen, damit sie den Brautstrauß fangen konnten. Louise stand als Erste bereit. Sie drehte sich zu mir um und schrie, „Komm Milla, ich habe uns einen Platz in der ersten Reihe gesichert." Für einen Moment krampfte sich mein Magen zusammen. Brad zog mich zu sich heran und küsste mich.

„Du musst das nicht machen, Milla. Ich werde dich die ganze Zeit umarmen und küssen und keiner wird sich trauen uns dabei zu unterbrechen und dich aufzufordern den Brautstrauß zu fangen." Er schaute mir tief in die Augen. Ich war völlig gerührt. Ich zog es für einen kurzen Moment in Betracht, aber eher, weil ich mich in seinen Armen so geborgen fühlte, als dass mir der Moment des Brautstraußfangens unangenehm war. Ich musste mich dieser Situation stellen und ich wollte es auch. Egal, was die Anderen dachten, wenn eine Enddreißigerin versuchte den Brautstrauß zu ergattern. Mir war nur wichtig, was Brad dachte. „Ich kann Louise doch nicht alleine lassen. Sonst blamiert die Arme sich ja völlig." Ich zwinkerte Brad zu und küsste ihn. Als ich zu den anderen Unverheirateten ging, drehte ich mich um und lachte Brad zu. Den Brautstrauß hat Louise gefangen, aber das lag vermutlich daran, dass sie vorher den anderen Gästen unmissverständlich klargemacht hatte, dass sie sich beim Wurf von ihr fernhalten sollten. Louise jubelte, als hätte sie eine Medaille nach einem Marathonlauf gewonnen und ich freute mich mit ihr. Sie eilte davon um Prosecco zu holen, damit wir ihren Sieg feiern konnten. Ich ging zu Brad zurück. „Mit Louise wollte ich mich nicht anlegen. Ich habe ihn nicht gefangen. Du musst also keine Angst haben", scherzte ich. Brad zog mich an sich heran, küsste mich und sagte, „Ich habe keine Angst."

Emma und Tim hatten eine Band engagiert, die romantische Musik spielte. Ich genoss die Sonne und beobachtete die anderen Gäste. Brad stand bei meinen Eltern, sie unterhielten sich und lachten. Mein Vater klopfte Brad auf die Schulter. Er umarmte meine Eltern, sah sich suchend um und kam lächelnd auf mich zu. Es machte mich glücklich zu sehen, wie gut er sich mit meinen Eltern verstand. Meine Eltern waren bestimmt froh, dass ich endlich jemanden gefunden hatte, der mich liebte.

„Na worüber habt ihr gesprochen. Hoffentlich haben meine Eltern nicht wieder peinliche Dinge über mich gesagt." Bei dem Gedanken daran, musste ich lachen. Eigentlich musste man alle Eltern von Partnern fernhalten. Mit ihrem Wissen waren sie eine absolute Gefahrenquelle und eine tickende Zeitbombe. Sie wussten einfach zu viel.

„Ich habe deine Eltern gefragt, ob ich dich heiraten darf. Dein Vater hat gefragt, ob ich mir da ganz sicher wäre, du wärst irgendwie anders." Brad lachte. Ich war verdattert. Was hatte er gerade gesagt? Wen wollte er heiraten? Ich machte wohl ein ziemlich verstörtes und nachdenkliches Gesicht. Brad küsste mich. „Ich habe ihm gesagt, dass ich mir ganz sicher bin und dich liebe, weil du anders bist." Ich schaute ihn an und Tränen stiegen mir in die Augen. Brad ging auf die Knie und holte einen Ring aus seiner Tasche. „Willst du meine Frau werden, Milla?" Jetzt konnte ich endgültig meine Tränen nicht mehr zurück halten. Ich hatte das Gefühl mein Herz würde vor Freude zerspringen.

„Ja, das will ich." Ich war unbeschreiblich glücklich.

Louise kam mit drei Gläsern Prosecco auf uns zugelaufen. „Na, da komme ich ja wohl genau richtig." Louise umarmte und gratulierte uns. „Auf diese Brautstraußsache ist auch kein Verlass. Eigentlich wäre ich als Nächste dran gewesen."

„Dann werde ich wohl jetzt eine Trauzeugin brauchen. Würdest du meine Trauzeugin werden, Louise?" Louise freute sich wahnsinnig. „Ich habe schon so viele tolle Ideen für den Junggesellinnenabschied und die Trauung. Ihr könnt euch auf mich verlassen." Der Gedanke daran, was Louise wohl jetzt schon wieder vor hatte, machte mir ein wenig Angst.

„Ein Kleid hast du ja schon." In Brads Richtung fügte sie hinzu, „Nicht das aus dem Internet. Das kennst du ja schon. Das würde Unglück bringen." Brad sah mich verwundert an. Es gibt einfach Dinge, die kann man nicht erklären. Ich lächelte verschmitzt und tat als wüsste ich nicht, wovon Louise redete. Brad zog mich an sich heran. „Du steckst wirklich voller Überraschungen. Dafür liebe ich dich, Mrs. Willis."

Milla Madison

Landwehrstraße 1c

50667 Köln

Prof. Dr. Miller

University of Texas

Austin, Texas

USA

18. April 2018

Betreff   Fehler in Ihrer Studie über kluge Frauen

Sehr geehrter Herr Prof. Dr. Miller,

ich möchte Sie darauf aufmerksam machen, dass Ihre Studie die belegt, dass intelligente Frauen länger Single bleiben, fehlerhaft ist.

Mein Name ist Milla Madison und ich habe einen IQ von 142 (die IQ-Teste befinden sich im Anhang).

Gemäß Ihrer Studie sinkt die Anziehung einer intelligenten Frau auf Männer mit jedem IQ-Punkt.

Dementsprechend hätte ich laut Ihrer Studie nicht die

geringste Chance jemals jemanden kennenzulernen.

Sie schreiben ferner, dass eine intelligente Frau ledig-lich ein zweites Date haben könnte, wenn sie überdurchschnittlich attraktiv ist. Das kann man natürlich für sich selber schwer beurteilen.

Meine Tochter sagt, ich sei die hübscheste Frau auf der ganzen Welt wohingegen mein Kollege findet, dass ich ganz passabel aussehe (diese Aussage könnte jedoch ironisch gemeint sein).

Zieht man zusätzlich noch die Tatsache heran, dass ich sehr chaotisch bin (ich denke nicht, dass Sie dieses Kriterium in Ihrer Studie berücksichtigt haben) und das vermutlich auf Männer nicht unbedingt attraktiv wirkt, ist davon auszugehen, dass meine Chance jemanden kennenzulernen gleich null ist.

Ich habe trotz Ihrer deprimierenden Studie jemanden kennengelernt und werde nächstes Jahr heiraten.

Demnach weist Ihre Studie deutliche Fehlerquellen auf.

Ich bitte Sie - und ich denke ich spreche im Namen aller klugen Frauen, die Sie mit Ihrer Studie stark verunsichert haben – diese zu wiederholen.

Für Studienzwecke stelle ich mich gerne in allen Schulferienzeiten zur Verfügung.

Bitte überweisen Sie die 6-monatige Gebühr für HappyCouplesForever, zu deren Beitritt mich Ihre Studie veranlasst hat, auf das im Anhang angegebene Konto.

Von Schadensersatzansprüchen wegen des erlittenen Traumas, die die Dates mit anderen Mitgliedern von HappyCouplesForever bei mir verursacht haben, sehe ich ab.

Mit freundlichen Grüßen,

Milla Madison (bald Willis)

<u>Anlagen</u>
- IQ-Testergebnisse
- Beitrittserklärung HappyCouplesForever
- Bankverbindung Milla Madison
- Diagnose Frau Dr. Bergmann
- Einladung zur Hochzeit (sehen Sie, ich heirate wirklich!!!)

Zeitfracht Medien GmbH
Ferdinand-Jühlke-Straße 7
99095 Erfurt, Deutschland
produktsicherheit@kolibri360.de